Braunling
Neustadt
Feldberg
Löffing
Todtnau
Menzenschwand
Bernau
St. Blasien
Waldshut
Thiengen
Albbruck
Säkingen
Gr. Laufenburg

Heidi Knoblich

Winteräpfel

Fanny Mayer 1851-1934

Heidi Knoblich

Winteräpfel

Aus dem Leben der Feldbergmutter Fanny Mayer

Verlag Ernst Kaufmann

Bibliographische Information Der Deutschen Bibliothek
Die Deutsche Bibliothek verzeichnet diese Publikation in der Deutschen Nationalbibliografie; detaillierte bibliografische Daten sind im Internet über http://dnb.ddb.de abrufbar.

1. Auflage 2003

Printed in Germany
Umschlaggestaltung: JAC unter Verwendung einer alten Postkarte
Hergestellt bei Freiburger Grafische Betriebe, Freiburg
ISBN 3-7806-5298-6

Prolog

„Versteht Ihr denn nicht?“, sagt die fremde Frau bittend. „Ich muss zum Feldberg hinauf! Meinem Bruder will die Frau sterben.“

Sie zieht sich das dunkle Wolltuch enger um den Kopf und reibt sich fortwährend die blau gefrorenen Hände. Ihre schwere Reisetasche muss sie wohl schon durch das ganze Hinterdorf geschleppt haben.

Valentin Maier steht vor seinem Hof in Menzenschwand, kurz vor dem Wasserfall, und hört der Frau schweigend zu. Sie behauptet, sie sei die Schwester des Pächters auf dem Feldberg oben, und wenn er jetzt ebenso wie die anderen Männer, die sie schon gefragt habe, den Kopf schüttle und im Stall oder in der Scheune verschwinde, sagt sie, werde sie den Weg hinauf alleine machen.

Es ist der 25. Februar 1881. Vor sieben Tagen hat die Frau des Pächters Mayer droben auf dem Feldberg einen Sohn zur Welt gebracht. Jetzt liegt sie im Kindbettfieber.

Valentin Maier ist der Waldhüter. Er weiß wie die anderen Männer hier, dass es in diesem Schneesturm ums Leben geht.

„Versteht Ihr denn nicht?“, sagt die Frau noch einmal. Seit dem frühen Morgen sei sie unterwegs, erzählt sie, durchnässt und halb erfroren von der nicht enden wollenden Schlittenfahrt von Albbruck das Albtal hinauf, und nun sollen ihre Anstrengungen, dem Bruder beizustehen, hier in Menzenschwand, vor seiner Tür, enden?

Dem Mayer vom Feldberger Hof will die Frau sterben! Diese Botschaft ist gestern schon einmal durchs Dorf gezogen, als der Knecht den Weg durch die Schneeverwehungen herunter gekommen ist, um beim Beckert im Vorderdorf ein Telegramm an Mayers Schwester in Basel aufzugeben.

„Das Kind ist geboren. Die Frau hat das Fieber, ich bitte Dich, komm!“

Zum Mayer auf den Feldberg hinauf, das geht nicht, will der Waldhüter eben noch sagen, und mit dem Fuhrwerk schon gar nicht. Da trifft ihn ihr Blick, und er weiß, diese Frau ist fest entschlossen, und wenn er nicht nachgibt, würden sie morgen eine Tote mehr durch das Dorf tragen.

Der Wind treibt ihr den Schnee ins Gesicht, sie zieht das wollene Tuch noch enger um den Kopf. Er kratzt sich am Hinterkopf, dreht sich um und verschwindet in der Scheune. Sie senkt enttäuscht den Blick, will weiter gehen, den Hang hinauf.

„Wartet doch!“, ruft er ihr nach. „Wartet!“

Sie bleibt stehen, er kommt mit einem Strick wieder heraus, ruft einem Kind zu, es solle der Mutter sagen, er komme noch vor der Dunkelheit wieder zurück. Danach wird er seiner Frau Rede und Antwort stehen. Oder man wird die beiden Verrückten im Schnee liegend finden, erfroren. Man wird sagen, eine schöne, vornehme Frau sei gekommen und habe ihn verhext, habe ihn mitgenommen in den Tod.

Ohne nachzudenken, bindet er ihr den Strick um die Taille, nimmt ihr die Reisetasche ab, zieht sie den Aufstieg hinter dem Haus hinauf, zieht sie das Mareieloch* hinauf durch den tiefen Winterschnee, zu dem der frisch gefallene hinzu kommt, zieht

* Die alemannischen Begriffe und Gedicht-Zitate sind ab S. 199 übersetzt

sie von Wächte zu Wächte, hilft ihr auf, wenn sie rutscht, hilft ihr, den Schnee aus den Kleidern schütteln, sieht ihre Tränen, stützt sie, wenn sie verschnaufen muss, hört nicht, wenn sie ihm zuruft, sie könne keinen Schritt mehr weiter gehen. Das Tosen der gewaltigen Wassermassen der Menzenschwander Alb, die vom Feldberg herunter kommend über die Felsen stürzt, donnert ihnen die Ohren zu, der Wind reißt sie fast um, die Bäume beugen sich, schlagen die Wipfel zusammen und krachen. Er weiß nicht, warum er sich darauf eingelassen hat, der Schneesturm bläst ihm die Gedanken zu, und am Ende bleiben nur sie und er und der Schnee und die Ewigkeit und vielleicht das Sterben.

Da liegst du, Verone, da liegst du!", klagt eine Männerstimme. Sie stoßen die vereiste Tür auf und treten in die armselige Stube ein.

Neben der Wiege des Kindes liegt die tote Verone. Ihr Mann sitzt daneben, und um ihn herum jammern und klagen ihre Bernauer Verwandten, stehen wirr die Dinge umher, die der Fiebernden gedient haben, Tücher, Flaschen, Geschirr, alles in großer Unordnung, alles durcheinander. Es ist kein Arzt mehr herauf gekommen bei diesem Wetter. Nur der Tod ist immer schon gekommen.

Ein paar Stunden zuvor hat der Bruder seine sterbende Frau noch in die Stube getragen, näher zum Ofen.

„Schneit es denn immer noch?", hat sie mit fiebriger Stimme gefragt und ist ihm mit einer Hand durch das Haar gefahren. „Du bist ja ganz nass."

Nein, er sei nicht draußen gewesen. Er habe Angst. Sie solle ihn nicht alleine lassen, ihn und das Kind. „Hörst du, Verone, lass mich nicht allein!"

Das Kind liegt fast vergessen in seinem Bettchen, ein grünes Baumwollband um den entzündeten kleinen Nabel gewickelt. Alle Aufmerksamkeit hat der fiebernden Frau gegolten.

„Wenn unser Herrgott es doch nur gnädig mit ihm meinte", sagt Marie-Urs, die Schwester Verones. „Wenn er es doch nur auch zu sich holen würde, das arme Ding."

Fanny Mayer nimmt den Kleinen aus seinem Bettchen. Ein paar Wochen wird sie hier bleiben müssen.

1

An Allerheiligen des Jahres 1881 drücken schon am Nachmittag die ersten Fallwinde den Rauch die Dächer entlang und kündigen mit beißendem Geruch den ersten Schnee an, der bald in langen Strähnen herunterfallen und zuerst an den Nordhängen liegen bleiben wird. Wer um diese Zeit vom Gräberbesuch auf dem Heimweg ist, geht einen Schritt schneller, und wer zu Hause wartet, legt im Ofen Holz nach und verfängt sich in trüben Gedanken.

Und doch ahnt an diesem Tag niemand, wie gewaltig dieser Winter hereinbrechen wird, am wenigsten die ziemlich heruntergekommene männliche Gestalt, die sich zu dieser Stunde das letzte Stück ihres Weges zum Feldberg hinauf schindet und an der Tür des einzigen Gasthauses um Zuflucht bittet.

„Habt Nachsehen mit einem wie mir, Madame!“ Die Worte des Mannes liegen wie Flüstern in der Luft, als er an jenem Nachmittag abgekämpft an die Tür des Feldberger Hofes klopft. Der Wind fährt ihm durch die dunklen Haare, als ihm die Tür einen Spalt breit geöffnet wird. Er verneigt sich. Seine Nase verleiht dabei seiner gebückten Gestalt eine fast demütige Haltung. Er haucht in seine Hände, und obwohl er sie aneinander reibt, werden sie doch nicht warm.

„Habt Nachsehen“, flüstert er wieder und verneigt sich noch einmal vor der Frau, die ihm die Tür geöffnet hat. „Ich sehe, Ihr habt geschlossen, Madame. Aber die Dunkelheit und der Wind – “, will er fortfahren.

Doch die Frau unterbricht ihn. Es kämen keine Gäste mehr um diese Jahreszeit, lässt sie ihn wissen, fordert ihn dann mit einer knappen Handbewegung zum Eintreten auf und lässt hinter ihm die Tür ins Schloss fallen.

Ihr ist seltsam zumute. Der fremde Gast ist keiner, dessen Gesellschaft man herbeigesehnt hätte, obwohl man hier oben in der Einsamkeit dankbar ist für jedes Gespräch, das sich unverhofft ergibt.

„Ein paar Tage noch, und wir werden hier wieder lebendig begraben", setzt sie schnell hinzu und hofft insgeheim darauf, dass dieser Satz die seltsame Gestalt zu einem schnellen Weiterziehen veranlassen möge, am besten gleich am nächsten Morgen, noch vor den gewaltigen Schneemassen.

Sie lässt den Türgriff nicht los. Er habe nichts zu verkaufen, beteuert er, bitte nur um Quartier für eine Nacht, sei auf der Durchreise ins Wiesental, erzählt er in einem fast akzentfreien Deutsch. Sein Name sei Truffaut, Armand Truffaut. Der Bernhardiner des Gasthauses, der beim Nahen des Fremden laut angeschlagen hat, beschnuppert ihn, wendet sich dann ab und zieht sich in die Stube zurück.

Auf sein Äußeres scheint er keinen Wert zu legen, doch muss er in der Welt herumgekommen sein. Der Ton, in dem er zu ihr spricht, lässt sie auf eine vornehme Lebensart schließen und rührt sie beinahe.

Sie sei die Schwester des Pächters und eigentlich nur auf Besuch hier, und ihr Name sei Fanny Mayer, hört sie sich sagen.

„Ah", nickt er wohlwollend, „Fanny. Ein französischer Name!"

Er hat den Geruch von kaltem Wind an sich.

Die Menzenschwander Marie, das einzige Dienstmädchen, hat sich hinter der Stubentür versteckt und lässt den sonderbaren Fremden nicht aus den Augen. Sie rechnet stündlich damit, dass der gefürchtete Denglegeist hier anklopfen und sie in die Nacht und in die Irre führen könnte. In der einen Hand hält sie Brotkrumen, die sie mit der anderen beschützt – Brotkrumen als Nachtmahl für die armen Seelen, die jetzt draußen im Wald herumirren. Sie sieht nicht auf, als sie schließlich hinter der Tür hervorkommt, murmelt aber Fanny im Vorbeigehen zu, in dieser Nacht, der Nacht zu Allerseelen, dürfe man keinen hinausschicken, diese Nacht sei gefährlich.

Armand Truffauts Augen stellen Fanny Fragen. Sie antwortet mit einem kurzen Schulterzucken. Jeder hier oben weiß, warum die Menzenschwander Marie, die mit ihren einunddreißig Jahren kaum älter ist als Fanny selbst, verrückt geworden ist. Zumindest ahnt es jeder, der nicht gerade mit einer hirschledernen Seele zur Welt gekommen ist. Aber niemand redet darüber. Es ist eben so. Fanny Mayer pflegt es mit der Bemerkung abzutun, dass unser Herrgott eben eine große Menagerie beisammen habe, und lässt dabei durchscheinen, dass ihr keiner mehr von der glücklichen Liebe zu erzählen brauche.

In kühlem Ton fordert Fanny den späten Gast auf, sein Gepäck abzustellen, beauftragt Marie, den Knecht hereinzurufen, die Petroleumlampen anzuzünden und darauf zu achten, dass sie nicht wieder rußen.

Armand Truffaut zwängt sich durch den Lederriemen seiner großen Umhängetasche und stellt sie so behutsam auf seinem Rucksack und der Reisetasche ab, als befänden sich seine ganzen Kostbarkeiten in ihr. Und während er sich etwas unbeholfen durch die zerzausten Haare streicht, nimmt Fanny ihm den durchnässten Mantel ab, wie sie es bei allen Gästen tut, und weist ihm den Weg zum Tisch am Ofen.

Armand Truffaut erkundigt sich fast entschuldigend nach dem Weg ins Wiesental. Dieser Weg sei aber der gefürchtetste aller Wege, gibt sie erschrocken zu erkennen, ein Pfad nur, das Heckerwegli, das in der Nähe des um diese Jahreszeit halb verlassenen Gasthauses vorbeiführe. Überhaupt sei es wegen der vielen Hochmoore und steilen Abhänge abenteuerlich, ohne Ortskundigen auf den Feldberg zu kommen, sagt sie. Er hat Glück, dieser Franzose, den Feldberger Hof noch vor dem ersten Schnee gefunden zu haben. Der fremde Gast steht etwas benommen vor ihr und zögert einen Augenblick.

„Ihr habt ja gehört“, betont sie spröde, „es ist gefährlich, in dieser Nacht unterwegs zu sein.“

Hätte er nur eine Stunde früher angeklopft, wäre es ihr leichter gefallen, ihn noch zum Raimartihof am Feldsee unten zu schicken. Da er ihr aber jetzt durchgefroren und ziemlich unbeholfen im Weg steht, tut er ihr fast schon Leid. Offensichtlich hat er sich seit Tagen nicht mehr rasiert. Sie mustert ihn in kurzen Blicken von der Seite. Eine markante Nase beherrscht sein Gesicht. Unter seine dunklen Bartstoppeln haben sich schon graue gemischt, und seine Augen sind von feinen Linien umgeben, die etwas von Lebensfreude erzählen.

Truffaut spürt ihren Blick und sieht sie an. Schnell wendet sie sich ab.

Der Knecht wird bald auftauchen, hofft sie. Er wird ihr fragende Blicke zuwerfen, ohne ein Wort die Suppe auslöffeln und dabei die Ohren spitzen.

Sie wird auch dem Gast einen Teller Kartoffelsuppe vorsetzen, das hat sie sich schon zurechtgedacht.

Auf dem Weg zur Küche zupft sie sich die blaue Schürze zurecht und schiebt schnell ein paar außer Kontrolle geratene Haarsträhnen in ihren Zopf zurück, den sie wie einen Kranz um den Kopf gesteckt hat. Schnell gießt sie noch etwas Wasser in die Suppe, rührt um, schmeckt in der Eile großzügig ab, reibt etwas Muskatnuss darüber und schneidet, der Bruder möge ihr verzeihen, die vorletzte der Rauchwürste hinein, die ihnen die Bregger'schen Verwandten aus Bernau mitgegeben haben.

Truffaut lebt auf, als sie ihm den Teller vorsetzt. In seinen tiefen, dunklen Augen blitzt ein seltsames Licht.

Als der Knecht dann die Wurststücke im Teller sieht, fragt er mit einem Strahlen im Gesicht, ob denn heute schon Weihnachten sei. Allerheiligen sei auch ein Feiertag, sagt sie, bevor er weitere dumme Fragen stellen kann. Dann stürzt Marie dick vermummt in die Stube und verkündet aufgebracht, während sie das Stricktuch vom Kopf löst, dass es bereits schneie. Sie bringt einen kalten Luftzug mit. Fanny sieht die dicken Schneeflocken auf ihrem Haar und wird unruhig. Ihr Bruder Carl müsse jetzt irgendwo zwischen Menzenschwand und dem Feldberg unterwegs sein, erklärt sie dem Gast und fügt hinzu: „Er hat am Nachmittag in Menzenschwand das Grab seiner Frau besucht."

Truffaut sitzt vor seiner Suppe. Er isst schweigend.

„Ah, ein Hauch von Muskat", stellt er nach einer Weile fest und wiegt den Kopf anerkennend hin und her. Sie wisse, dass für gewöhnlich noch etwas Rahm in diese Suppe hineingehöre, stellt Fanny klar, aber sie habe keinen übrig gehabt.

Truffaut rühmt die Kartoffelsuppe und lehnt sich dankbar an den warmen blauen Kachelofen.

Fanny entschuldigt sich, erhebt sich vom Tisch und geht zur Tür, um nachzusehen, ob sich denn immer noch niemand dem Gasthaus nähere.

Draußen vor der Tür ist es neblig und dunkel, und es schneit, als wolle der Himmel seine Ladung auf einmal loswerden. Sie drückt fröstelnd die Tür wieder zu, geht in die warme Stube zurück und stellt sich dort an eines der Fenster.

Armand Truffaut gesellt sich dazu.

„Ihr seid sehr freundlich, meine Wassersuppe zu rühmen, Monsieur!", sagt sie, um das Schweigen zu brechen. Seit mehr als vierzig Jahren habe ihm keine Suppe die Seele so gewärmt wie diese, bekommt sie zur Antwort.

Fanny spürt, wie sie verlegen wird. Der Wind heult auf, streicht ums Haus und bläst Schnee ans Fenster.

„Hat Euch keiner vor dem Weg hier herauf gewarnt, Monsieur?" Es klingt wie ein Vorwurf. Der Knecht schiebt den Stuhl zurück, wünscht in knappen Worten eine gute Nacht und schlurft hinaus, um nach dem Schnee zu sehen.

„Ihr werdet müde sein. Ich habe Euch ein Zimmer richten lassen", sagt sie schnell und hüllt sich noch enger in ihr wollenes Tuch. Aber Truffaut macht keine Anstalten zu gehen. Er wolle mit ihr die Rückkehr ihres Bruders abwarten, erklärt er.

Fanny tritt vom Fenster zurück. Sie wolle nur lauschen, ob das Kind nebenan auch schlafe.

„Es ist der Sohn meines Bruders", sagt sie leise und versucht, gegen die Stille anzugehen, die sich schon wieder zwischen ihr und dem Gast ausbreitet. Sie erzählt, wie viel Mühe es ihr mache, dem kleinen Oskar eine Zeit lang die Mutter zu ersetzen.

„Es ist ein elendes Sterben hier oben", seufzt sie und fährt in einem Atemzug weiter. „Hört Ihr, wie still es ist? Sie wird mit der Zeit unerträglich, diese Stille", vertraut sie ihm an, um ihm dann vorauszusagen, dass es diese Nacht nicht mehr aufhören wird zu schneien.

Er wird bleiben müssen, bis die Wege fest gefroren sind, denkt sie. Sie tritt wieder ans Fenster, drückt ihre Stirn an die Fensterscheibe, haucht ein Guckloch und beantwortet nebenbei seine Fragen.

Ihre verstorbene Schwägerin, Veronica Bregger, erklärt sie, stamme aus Bernau. Im Februar sei sie gestorben. Im Kindbett. „Mein Bruder, der Knecht und ein Schwager von Veronica haben den Sarg im schlimmsten Schneesturm, auf einen Hornschlitten gebunden, ins Tal gebracht. Sie liegt drunten in Menzenschwand beerdigt, weil der Schlitten nicht weiterkam. Noch einen Teller Suppe, Monsieur?" Er lehnt dankend ab.

Fanny seufzt. „Ich erzähle Euch traurige Geschichten. Entschuldigt!"

Truffaut sieht sie nachdenklich an. „C'est la vie, Madame. Ihr erzählt mir das Leben."

Die Haustür ist ins Schloss gefallen. Blitzschnell ist Fanny im Flur, um nachzusehen. Aber es ist nicht der Bruder. Marie steht vor ihr und hält den leeren Suppentopf im Arm. Sie traut sich kaum, Fanny anzusehen. Sie hat die Suppe an die armen Seelen verspeist. Dort hinten im Wald, Richtung Feldsee. Der Topf ist bis auf den letzten Rest ausgekratzt.

„Und was sag ich jetzt meinem Bruder, wenn er hungrig heimkommt?", fragt Fanny streng. „Es tut mir Leid, Carl, aber die armen Seelen hatten Hunger?"

Marie nickt. Fanny schickt sie in die Küche zum Abwasch und ruft ihr hinterher, sie möge darauf achten, dass für später im Schiff noch warmes Wasser übrig sei. „Jetzt sind wenigstens die armen Seelen satt!“, fügt sie mit einem kleinen Lächeln hinzu.

Truffaut ist hinter ihr hergekommen und hat alles gehört. Er geht zu seinem Gepäck und macht sich an seinem Rucksack zu schaffen. Fanny sieht, wie er zitronengelbe Äpfel herausholt. Als Antwort darauf stellt sie einen kleinen Teller und ein Messer auf den blank gescheuerten Holztisch.

Truffaut setzt sich, legt einen Apfel zurecht und nimmt das Messer. Doch bevor er anfangen kann den Apfel zu schälen, steht die Menzenschwander Marie neben ihm und erklärt ihm, dass er das Messer nur ja nicht mit der Schneide nach oben hinlegen dürfe.

„Wegen der armen Seelen, nicht wahr?“, raunt er Fanny zu.

„Ja“, erklärt sie ihm, „sie könnten sich sonst schneiden. Die Nacht auf Allerseelen ist gefährlich, Ihr habt ja gehört.“

Er solle Gott danken, dass er den Feldberger Hof noch rechtzeitig gefunden habe und nicht dem Denglegeist oder gar dem Wilden Heer in die Hände gefallen sei, das hier in der Dunkelheit erbarmunglos durch die Lüfte jage, gibt ihm Marie spitz zu verstehen und macht das Kreuzzeichen.

Truffauts Finger sind flink. Er schält den ersten Apfel fast andächtig in einem Zug, die Schale fällt hauchdünn in den Teller, das Kerngehäuse schneidet er in sanftem, rundem Bogen heraus. Er reicht Fanny den ersten Apfelschnitz. Sie zögert. Sie kennt diesen Truffaut seit kaum einer Stunde. Die Geschichte von Adam und Eva und dem Sündenfall kommt ihr in den Sinn. Ihr ist auf einmal, als lägen ihre Gedanken frei auf seinem Teller, und sie spürt, wie ihr das Blut in die Wangen steigt. Er beugt sich zu ihr, deutet mit dem Kinn auf den Apfelschnitz in seiner Hand und sagt: „Ihr könnt ihn ruhig essen, Madame. Äpfel sind nur aus Frauenhänden Verführung.“

Verlegen nimmt sie den Apfelschnitz entgegen und antwortet, ohne ihn anzusehen, dass da gewiss keine Gefahr bestehe. Sie sei noch nie in der Versuchung gewesen, einem Mann einen Apfel anzubieten. Ihre Mutter habe sie immer vor der Liebe gewarnt. Küsse seien Schlangenbisse, habe sie gesagt.

Er schält ruhig weiter und bietet ihr ein weiteres Stück an. „Aus der Touraine, dem Garten Frankreichs“, erwähnt er fast beiläufig. „Esst, Madame, das beruhigt!“ Er stützt den Ellbogen auf sein linkes Knie, beißt genießerisch in den nächsten Apfelschnitz, kaut, schluckt und schmatzt. „Mhm! Trefflich!“, lobt er.

Gerne würde sie ihm beipflichten, der Apfel schmeckt angenehm säuerlich, fast wie Wein. Stattdessen mustert sie ihn von der Seite. Dieser Mann scheint sich in der Welt auszukennen und sich auf die Liebe zu verstehen. Sie weicht seinen lebhaften Augen aus und dreht verlegen an dem goldenen Ring an ihrer Hand. „Champagner-Reinetten“, wirft sie schnell ein, als er ihre Blicke bemerkt. Er nickt bestätigend, kaut weiter und wirkt über ihre Sachkenntnis keinesfalls überrascht.

„Ich mache Euch eine Apfeltarte, Madame, da wird Euch Hören und Sehen vergehen!“, kündigt er aus voller Brust an. „Eine Apfeltarte aus dem Garten der Touraine, Ihr werdet sehen, Madame!“

Draußen vor der Tür klopft jemand den Schnee von den Stiefeln. Fanny fliegt fast zur Tür und reißt sie mit einem Ruck auf. Es weht kalt herein, man kann es bis an den Ofentisch spüren.

Obwohl es dunkel ist, erkennt sie sofort, dass es der Waldhüter ist. Er beugt sich ein wenig vor, dreht aufgeregt seinen Hut in den Händen und holt wie immer ein paar Mal tief Luft, bevor er zu reden beginnt.

„Mit Verlaub, Freilein Fanny“, sagt er und verbeugt sich. „Entschuldigt die späte Störung – “

„Ist etwas passiert? Herrschaft, sagt doch was!“, unterbricht sie ihn ungeduldig.

„Euer Bruder“, bringt er mit einer weiteren Verbeugung hervor, „Euer werter Bruder lässt Euch ausrichten, dass er heute den Weg hier herauf nicht mehr machen kann. Er hat unterwegs wieder einen seiner Hustenanfälle bekommen. Wäre fast erstickt dabei. Er bleibt über Nacht in Menzenschwand. Bei Schwarzlis, soll ich Euch sagen, mit Verlaub!“

Endlich hat er seine Botschaft heraus.

Ob er den Bruder gesehen habe, will sie gleich wissen und, jeremareie, ob er denn Fieber habe, man bekäme ja jetzt bei diesem Wetter kaum einen Doktor herbei. Valentin Maier versichert ihr, er werde sich gleich morgen früh wieder auf den Weg nach Menzenschwand machen und nach dem Bruder sehen. Notfalls werde er ihn auf dem Schlitten hinaufbringen.

Als er den letzten Satz herausgebracht hat, stehen sie schon in der Stube. Jetzt erst, im Schein der Petroleumlampe, sieht Fanny, dass er völlig durchnässt ist. Sie nimmt ihm den Mantel ab, an dem kleine Eiszapfen hängen. Er entdeckt Truffaut und mustert ihn unsicher.

„Ihr habt Besuch“, stellt er überrascht fest, „mit Verlaub, ich wollte Euch auf keinen Fall stören.“

Fanny zuckt mit der Schulter.

„Ein Gast“, erwidert sie kurz.

Sie bittet den Waldhüter, Platz zu nehmen. Er setzt sich nur zögernd auf den vorderen Teil des Stuhls, schweigt und sieht Fanny aus seinen dunklen Augen erwartungsvoll an.

„Ihr müsst Hunger haben, Waldhüter“, sagt sie. „Ich bring Euch einen Teller warme Suppe!“

Doch im selben Augenblick fällt ihr ein, dass sie ja gar keine mehr hat.

„Macht Euch um meinetwillen keine Umstände, Freilein Fanny“, bittet der Waldhüter.

Sie sieht seine blau gefrorenen Hände. „Um Gotteswillen, Waldhüter“, bricht es aus ihr heraus, und sie greift unbedacht nach seinen Händen. Er zieht sie erschrocken zurück, Truffaut ist es nicht entgangen.

„Wärmt sie Euch an den Ofenkacheln“, rät sie ihm. Er schüttelt den Kopf. Lieber nicht, wehrt er ab, dann würde es ihn doch nur wieder hurnigeln.

Sie steht unschlüssig da, überlegt.

„Einen Schnaps, Waldhüter, Ihr braucht einen Schnaps“, ruft sie dann. Sie könne ihm Kirschwasser oder einen Hefeschnaps anbieten.

Also gut, einen Hefeschnaps würde er nehmen, mit Verlaub.

Fanny schenkt drei Gläser ein.

„Nichts für ungut, Freilein Fanny, und Gesundheit!“, ist alles, was der Waldhüter dann für die nächste Zeit herausbringt, nachdem er ihr und Truffaut zugeprostet und den Schnaps hinuntergekippt hat.

Fanny verschwindet in der Küche, wo sie ihm die letzte der kostbaren Bregger'schen Rauchwürste ins heiße Wasser legt. Bestimmt hat der Bregger Fridolin in Bernau dem Bruder schon wieder welche mitgegeben. Morgen wird sie wieder Brot backen müssen, fällt ihr dabei ein, und es wird diesmal vielleicht nicht so lange reichen, wer weiß. Und während Valentin Maier immer noch auf dem vorderen Teil des Stuhls sitzt und, ohne auch nur ein Wort zu verlieren, seine Rauchwurst verzehrt, will es draußen nicht mehr aufhören zu schneien.

Dieser Waldhüter muss hoch in ihrer Gunst stehen, das ist Truffaut nicht entgangen. Er spielt mit der Apfelschale im Teller.

„Vergesst nicht, das Messer zur Seite zu legen, Monsieur", erinnert ihn Fanny, um ihn von seinen Gedanken zurückzuholen. Und zum Waldhüter sagt sie: „Ich kann Euch noch ein paar Stierenaugen machen, falls Ihr noch Hunger habt!"

Truffaut sieht sie verwundert an. Stierenaugen? Und der Waldhüter schluckt und versichert eilig, er habe ganz bestimmt keinen Hunger mehr.

Es sei ein Zimmer für ihn hergerichtet, lässt sie ihn daraufhin wissen. Er sei überhaupt noch nicht müde, beteuert er.

„Verzeiht mir meine Neugierde, Madame", nimmt Truffaut das Gespräch wieder auf, „ist das Befinden Eures Bruders besorgniserregend?"

Sie zögert mit der Antwort, sieht Truffaut eine Weile an. Dann erzählt sie, dass ihr Bruder aus dem Deutsch-Französischen Krieg 1870–71 ein Lungenleiden mitgebracht habe. Er sei daraufhin als Todgeweihter nach Davos geschickt worden. Nachdem seine Mittel aufgebraucht gewesen seien, habe ihm der behandelnde Professor geraten, hier oben auf dem Feldberg als Kellner in Stellung zu gehen. Carl habe im Freiburger »Wilden Mann« das Hotelfach gelernt, Erfahrungen in Lausanne gesammelt und vor drei Jahren als Pächter den Feldberger Hof übernommen. Bald darauf habe er in Bernau Veronica Bregger geheiratet. „Den Rest der Geschichte kennt Ihr ja, Monsieur!"

Zu Valentin Maier, der noch seinen Gedanken nachhängt, sagt Fanny: „Dieser Husten ist sozusagen ein Souvenir aus Straßburg!" Und weil der Waldhüter sie fragend anschaut, erklärt sie: „Wenn Ihr irgendwo hingeht und Ihr bringt von dort etwas mit, wisst Ihr, dann ist das ein Souvenir. Angenommen, Ihr geht zur Wallfahrt nach Einsiedeln – "

Mit Verlaub, unterbricht er sie, er gehe immer auf den Lindenberg, und wenn er wieder einmal dort hinkomme, würde er ihr einen Rosenkranz mitbringen. Den schönsten, den er dort fände.

„Mit Verlaub", gibt sie zurück, „betet lieber für meinen Bruder, dass er für das Kind bald wieder eine Mutter finden möge."

Der Waldhüter weiß nicht, was er darauf sagen soll. Anscheinend spielt sie also doch noch mit dem Gedanken, nach Basel zurückzukehren, stellt er enttäuscht fest, und dann ist es lange still am Tisch.

Niemand hier weiß, dass Fanny von Woche zu Woche ihren Koffer neu gepackt hat. Eigentlich hat sie schon vor Ende des Sommers diesem unwirtlichen Berg den Rücken kehren wollen. Aber seit sie hier ist, durchströmt ihre Kraft das ganze Haus, die Menschen, die Gegenstände. Es ist, als würden das Haus und alle Dinge darin zerfallen wie uraltes Papier unter einer Berührung, wenn sie weggehen würde. Sie spürt es und darum hat sie den Koffer immer wieder ausgepackt.

Marie huscht plötzlich aufgeregt aus dem Zimmer nebenan und fragt Fanny leise nach der Weihwasserflasche.

Sie habe es mit eigenen Augen gesehen, und wenn Fanny es nicht glauben würde, dann könne sie gehen und nachsehen. Derlei seltsame Dinge trügen sich auch bei ihr daheim in Menzenschwand zu. „Neben dem Bett des Kindes steht seine Mutter“, flüstert sie Fanny atemlos zu.

Das sei doch Unsinn, gibt Fanny aufgebracht zurück, die Verone sei tot.

Truffaut, dem die Aufregungen nicht entgangen sind, beobachtet ein leises Zittern in Fannys Fingern. „Noch einen Schnaps, Madame?“, fragt er.

Der Knecht kommt hereingestiefelt und berichtet aufgeregt, das Vieh im Stall sei so seltsam unruhig, irgendetwas stimme hier nicht.

„Sie wird es doch, um Gotteswillen, nicht holen wollen, ihr Kind!“ Fanny springt auf und wird bleich. Die Schnapsgläser fallen um, und dann ist es totenstill, bis auf das Ticken der Uhr aus der Bregger'schen Mitgift. Fanny hält sich am Tischrand fest, ihre Augen sind weit geöffnet.

„Wisst Ihr noch“, redet sie den vergelsterten Waldhüter an, und ihre Lippen sind zu einem blassen Strich geworden, „was die Bregger Marie-Urs gesagt hat damals? Wisst Ihr's noch?“

Der Waldhüter kann ihren Gedanken nicht folgen. Jetzt packt sie ihn an den Schultern, schüttelt ihn. „Ihr müsst es doch gehört haben“, redet sie beschwörend auf ihn ein, „wie sie am Bett des Kindes gestanden und gejammert hat.“

Und plötzlich sind auch bei ihm die Bilder wieder da. Er sieht sie noch einmal im Menzenschwander Hinterdorf vor seinem Hof stehen, diese Frau mit den grünen funkelnden Augen, wie sie ihn anfleht, sie auf den Feldberg zu führen, dem Bruder dort oben wolle die Frau sterben.

„Wenn unser Herrgott es doch nur gnädig mit ihm meinte, hat sie gesagt, die Marie-Urs. Wenn er es nur auch zu sich holen würde, das arme Ding“, erinnert er sich. Er überlegt einen Augenblick und fügt hinzu: „Ich hab aber eher andere Dinge in Erinnerung, Freilein Fanny: Dass Ihr nach allem in Euren nassen Kleidern auch noch hingestanden seid und Ordnung gemacht habt, nämlich – “

Fest entschlossen geht Fanny auf die Tür zu, hinter der das Kind schläft. Marie hält sie an, um die Türschwelle zuvor mit Weihwasser besprengen zu können. Fanny zögert, dann drückt sie vorsichtig die Türklinke hinunter, macht die Tür leise auf und tritt ins Dunkle.

Das Kind atmet in leisen Zügen. Mit dem Daumen zeichnet sie ihm ein kleines Kreuz auf die Stirn, streicht ihm mit dem Handrücken über die roten Backen, mit den Fingern durchs Haar. Barry, der Bernhardiner, liegt neben dem Bettchen, hebt träge den Kopf, und sie kommt mit ruhigen Schritten wieder aus dem Zimmer heraus.

Truffaut, der Waldhüter und Marie sehen sie erwartungsvoll an. Er schlafe ganz ruhig, der kleine Oskar, sagt sie erleichtert und setzt sich wieder an den Ofentisch neben Truffaut.

„Vielleicht hat die Mutter ja nur nach dem Kind gesehen“, meint Marie, „ich an ihrer Stelle würde das auch tun.“

„Ihr seht, Monsieur, dieser Berg macht aus Menschen Verrückte“, lächelt Fanny zu Truffaut. Sie hat sich auf Hirngespinste eingelassen, auf diesen Schwarzwälder Aberglauben – sie, die in Basel protestantisch geworden ist. Aber von diesem Abend an wird sie sich oft an das Bettchen schleichen, um nachzusehen, ob das Kind denn noch atme.

Der Knecht steht plötzlich wieder unter der Tür, fährt sich mit beiden Händen durch die nassen Haare, berichtet, dass er jetzt gebahnt habe, schimpft auf den Schnee und fragt, ob er noch einen Teller von der guten Suppe haben könne, er habe einen Cheibehunger.

Stierenaugen könne sie ihm zubereiten, feine frische Stierenaugen, für alle, sagt Fanny. Sie macht sich auf den Weg zur Küche.

Der Waldhüter zieht die Stirn hoch. In diesen Basler Herrschaftshäusern kommen wohl die seltsamsten Dinge auf den Tisch, denkt er sich, Stierenaugen möchte er eigentlich nicht. Er wird es ihr sagen müssen.

Marie eilt hinter Fanny her, um der stillen Ratlosigkeit zu entkommen, die sich nun zwischen den drei Männern in der Stube breit machen will. Während Fanny aus der Vorratskammer eine Schüssel mit Eiern und den Ankenhafen holt, schneidet sie das letzte Brot auf.

Fanny hat die beiden gusseisernen Pfannen auf den Herd gestellt, als Truffaut plötzlich neugierig im Türrahmen auftaucht und, einen Arm an den Balken gestützt, fragt: „Kann ich Euch helfen, Madame?"

Sie zuckt kurz zusammen und sieht ihn von der Seite an.

„Ihr seid Gast, Monsieur!"

„Einer, der sich gern nützlich machen würde", gibt er zur Antwort. Er lässt seine Blicke abenteuerlustig durch die einfache Küche wandern, in der doch alles seinen Platz hat. Er müsse sehen, wie sie ihre Stierenaugen zubereite, behauptet er. Seine Augen wandern über die Basler Rosenkiechli-Form, die Bernauer Holzlöffel, Schöpfkellen, Ankenmodel und die zwei Hofsgrunder Chäsformen, streifen über die Körbe und Schüsseln, die als Nester für ein paar Backförmchen dienen, und sagt, von der Verwendung von Stierenaugen in der Küche habe er, das müsse er offen gestehen, noch nie gehört.

Sein Blick bleibt an Fanny haften und verweilt lange dort. Sie zupft nervös ihre Schürze zurecht. Der Knecht wirft ihr einen ungeduldigen und fast vorwurfsvollen Blick hinter Truffauts Schulter zu. Sofort macht sie sich daran, die aufgeschlagenen Eier in die Pfanne gleiten zu lassen und das Eiweiß zu salzen. Truffaut hat begriffen: „Stierenaugen!“ Und er lacht laut auf, als er an den ahnungslosen Waldhüter in der Stube denkt.

Plötzlich verschwindet er in den Flur hinaus und macht sich am Rucksack zu schaffen.

„Wartet, Madame!“, ruft er.

Er kommt zurück, lässt vor ihren Augen den Verschluss eines Weckglases aufschnappen und hält es ihr unter die Nase: „Seht nur, Madame!“

Fanny und Marie halten die Masse zuerst für Griebenschmalz. Aber es ist in Fett gegartes, mageres Schweinefleisch mit Speck.

„Rilettes – eine Spezialität aus meiner Heimatstadt Le Mans“, verkündet er stolz.

Er fächert Fanny mit einer geübten Handbewegung den Duft von Petersilie, Lorbeer, Thymian und Nelken in die Nase, und ehe sie sich versieht, steht er am Herd und bittet darum, da heute doch Feiertag sei, das Kochen übernehmen zu dürfen.

„Erlaubt, Madame“, sagt er und lässt zwei, drei Kaffeelöffel der Masse in der zweiten Pfanne aus, schwenkt sie hin und her, schlägt zwei Eier darüber auf, salzt sie mit leichten Fingern. Als es knistert und brutzelt, schiebt er die Pfanne ein paar Mal hin und her und lässt dann alles geschickt auf den Teller gleiten, den Fanny für ihn bereitgehalten hat. Wieder sind es seine Hände, die ihrer Nase den Duft zuspielen. Ihr wird leicht schwindelig.

Der Knecht vergisst über seinem Teller die Welt, und noch bevor er mit dem ersten Brotstückchen das halbflüssige Eigelb auftunkt, lässt sich der Waldhüter dankbar auffordern mitzuhalten. Marie trägt das Brett mit dem letzten Brot auf, Truffaut folgt, ein Küchentuch um den Bauch, mit dem Weckglas und einem Messer.

Die braune Masse in Truffauts Weckglas erinnert Fanny an das verhasste Gänseschmalz aus ihrer Kindheit. Truffaut streicht ihr eine Brotscheibe und reicht sie ihr. Seit ihrer Kindheit hat ihr niemand mehr eine Brotscheibe gestrichen. Sie nimmt sie wie selbstverständlich aus seiner Hand.

Aufmerksam verfolgt er jede Bewegung ihrer ausgeprägten Hände. Er will etwas sagen, aber sie hat seinen Blick bemerkt und wehrt ab: „Sprecht nicht über meine Hände, Monsieur, ich bitte Euch, es bringt Unglück."

Nur ihr Bruder Carl und Marie wissen, wie sehr sie auf ihre Hände bedacht ist. Sie schneidet die Fingernägel immer freitags, nur freitags, weil sie glaubt, dass sie sich auf diese Weise vor Unheil schütze. Ihre Mutter hat es schon so gehalten.

Sie steht vom Tisch auf und macht die Fensterläden zu. Draußen treibt der Wind den Schnee ums Haus, türmt hohe Schanzen auf, die morgen früh schon bis zum Fenster reichen können.

Sie denkt an ihren Bruder.

Er ist ein Jahr jünger als sie, hat große dunkle Augen, die immer etwas erschrocken blicken. Und immer ist sein Mund leicht geöffnet, als gebe es etwas zu staunen. Er ist nicht sonderlich groß, hebt sich aber von den kleineren und kräftigeren Schwarzwaldbauern ab. Im Grund ist er ein Städter geblieben. Mit seinem in der Mitte gescheiteltem dunklen Haar und seinem dichten Bart lässt er bei den Frauen, die hier oben ihre Sommerfrische verbringen, Gedankenbilder von Ateliers und Literatursalons aufkommen. Man weiß hier oben nicht viel von ihm, er spricht nur das Nötigste.

Verone hat sie nur einmal zu Gesicht bekommen. Sie ist ausgesprochen schön gewesen, nicht so hager wie die meisten Frauen in dieser Gegend. Ihre großen Augen glänzten. Sie hatte einen leicht trotzigen Zug um den Mund, ein weiches Kinn und dickes, lockiges, dunkles Haar, das sie hochgesteckt trug. Wie alle Breggers war sie musikalisch. Fanny weiß, dass Verone Carl geliebt hat und ihm gern auf den Feldberg gefolgt ist. Sie nannte ihn Charles.

Der Waldhüter erhebt sich langsam, verbeugt sich vor Fanny, dreht den Hut in seinen Händen, bedankt sich für das Nachtessen und verkündigt entschuldigend, dass er jetzt doch daran denke, schlafen zu gehen. Er wolle ja morgen früh bald nach ihrem Herrn Bruder sehen. Fanny und Truffaut wünschen ihm eine gute Nacht, und Marie bringt ihm den Zimmerschlüssel. Fanny gibt sich einen Ruck und setzt sich wieder an den Tisch. Sie kann jetzt nicht schlafen.

Truffaut hat in der Zwischenzeit einen seiner Äpfel und das Messer genommen, das er zuvor unter Maries wachsamen Augen vorsichtig zur Seite gelegt hat, und fängt damit an, ganz bedächtig den Apfel in der Mitte durchzuschneiden. Als er die beiden Hälften auseinander nimmt, hat das Kerngehäuse jeweils die Form eines Sterns. Er reicht ihr die eine Hälfte.

„Die Zigeunerinnen nennen ihn den Stern der Erkenntnis, er steht bei ihnen für Leben und Gesundheit“, erzählt er halb im Scherz.

Fanny ist lange still. Ihr heimlicher Besuch bei einer Zigeunerin ist ihr eingefallen und mit der Erinnerung kommt ihr das schlechte Gewissen wieder. Sie hat bis jetzt nie jemandem davon erzählt, weder der katholischen Mutter in Freiburg, noch der protestantischen Großmamme Gemuseus in Basel. Beide hätten sie mit Verachtung dafür gestraft.

Sie erzählt jetzt diesem Fremden, wie die Großmamme immer davon geredet habe, dass auf sie bestimmt eine große Aufgabe warte, und wie sie, angestiftet von Freundinnen, eine Zigeunerin aufgesucht habe. Von einer großen Aufgabe hat die aber nichts gesagt. Stattdessen prophezeite sie ihr, dass sie nicht eher sterben würde, ehe sie als alte Frau am Stock zur Kirche ginge.

„Gesundheit und Leben", murmelt Truffaut.

Fanny schämt sich immer noch dafür, dass sie dem lieben Gott hinter den Vorhang blicken wollte. Jetzt hat sie es auch noch einem Fremden offenbart.

„Was erzählt Ihr mir auch von Zigeunerinnen", wirft sie ihm vor.

Die Stille hat sie zum Erzählen verleitet, diese elende Stille der letzten Tage, in denen es unablässig nach Schnee gerochen hat, hier oben in der Trostlosigkeit, mit einem mutterlosen Kind, einem vom Schicksal geschlagenen Bruder, ein paar alten Pfannen und den armen Seelen. Sie würde jetzt doch schlafen gehen.

Truffaut dreht sich eine Zigarette, zieht sich den Mantel über und verschwindet aus der Haustür. Fanny horcht noch lange in die Nacht hinein, ob er denn nicht endlich die Türe hinter sich schließe und die Holztreppe zu seinem Zimmer hinauf gehe.

Am nächsten Morgen ist Fanny wieder die Erste, hat schon Feuer gemacht und den Brägel aufgesetzt. Sie ist nicht gesprächig, trägt Marie nur auf, den

Backtag vorzubereiten und Kaffee zu mahlen, nicht den Zichorie, sondern den in der Blechdose, den guten aus der Schweiz. Der Knecht kommt herein, bringt kalte Luft mit, die nach Schnee riecht.

Fanny steht am Herd wie an einem Ehrenplatz. Sie hütet das Feuer. Es ist äußerst kompliziert, die richtigen Temperaturen einzuhalten. Das Sauerkraut und die Mehlsuppe müssen stundenlang sachte vor sich hin köcheln, für Fleisch wiederum benötigt man ein Höllenfeuer, und der Ofen mit seinen blauen Kacheln soll immer gleich warm bleiben. Der Knecht nähert sich diesem Monument des körperlichen Wohlbehagens beinahe ehrfürchtig.

Es schneit noch immer. Es sei nicht ratsam, heute aus dem Haus zu gehen, meint er. Truffaut nickt gleichmütig. Auch der Waldhüter sieht es schließlich ein.

Marie ist froh, dass sie mit dem Brotbacken zu tun hat. So kann sie die Sprachlosigkeit der ihr im Wege stehenden Männer umgehen. Fanny brüht den Kaffee auf, dessen Duft dann alle in unerwartete Feiertagsstimmung versetzt und Valentin Maier ermutigt, seine Reise nach Menzenschwand hinunter doch anzutreten.

Er solle aber ihren Hornschlitten nehmen, macht Fanny zur Bedingung, und der Knecht müsse ihn begleiten, ordnet sie an und reicht den beiden vor der Abfahrt noch ein Kirschwasser zum Aufwärmen. Marie springt herbei und besprengt sie mit Weihwasser. Fanny steht auf der Schiefertreppe vor der Haustür und sieht ihnen nach, bis Truffaut sie fragt, ob sie sich den Tod holen wolle, und sie darum bittet, in die Wärme zurückzugehen.

Im ganzen Haus duftet es nach frisch gebackenem Brot, das auf dem obersten Regal der Vorratskammer aufbewahrt wird, um es vor Mäusen zu schützen. Fanny setzt sich an den Kachelofen, reibt sich die Hände warm und sieht Marie beim Füttern des Kindes zu. Dann verliert sich ihr Blick im Schneetreiben vor den Fenstern.

Sie sollte endlich sehen, dass sie bald wieder nach Basel zurückkommt. Nach dem Tod der Mutter hat sie ihren Vater von Freiburg nach Basel geholt. Vater Mayer ist noch rüstig, er hilft bei der aus Todtnauberg stammenden Mamme Kost in der Freien Straße im Geschäft mit. Bei ihr versammeln sich die Düfte des Lebens. Wenn man die Ladentür aufdrückt und die Glocke anschlägt, heißen sie einen in einem Schwall willkommen: Schuhcreme, Lindenblütentee, Blumensamen, Muskatnuss, Kernseife, Bohnerwachs, Mottenkugeln und Kaffee, immer wieder dieser Kaffee, diese braun gebrannten Bohnen, von deren Duft Fanny bei einem Besuch jedes Mal eine Nase voll mitgenommen hat auf den Nachhauseweg durch das Totengässlein zum Petersgraben. Sie hat Mamme Kost schon immer in Verdacht gehabt, nur des Kaffees wegen nach Basel gekommen zu sein.

Fanny seufzt. Sie steht vom Ofen auf.

„Der Kaffee geht aus“, sagt sie mehr zu sich selbst. Und Marie weiß, dass sich die Zeiten hier oben bald ändern werden.

Das Kind weint.

Fanny nimmt es Marie aus den Armen, drückt es fest an sich und geht mit ihm in der Stube auf und ab. Sie spricht ihm mit sanfter Stimme gut zu. Seine Augen lassen ihr Gesicht nicht mehr los, und es scheint, als würde es jedes einzelne ihrer Worte in sich aufnehmen.

Der kleine Oskar! Er weiß nicht, wie viel Wasser schon den Rhein hinabgeflossen ist, seit sein Vater ihn nach der Geburt in den Händen gehalten und zu seiner Mutter gesagt hat, er würde jetzt am liebsten vor die Tür gehen, ihn allen vier Winden zeigen, damit die ganze Welt wisse, dass der Mayer auf dem Feldberg einen Sohn bekommen habe, mitten im Winter.

Fanny wiegt den Kleinen. Er sieht so blass und zerbrechlich aus. Mit seiner kleinen Hand umklammert er fest ihren Zeigefinger. Er würde jeden Finger festhalten, der sich ihm anbietet. Aber dieser hier ist ihrer, und er hat nur diesen zum Festhalten, und es liegt so viel Vertrauen in diesem Festhalten, als wolle er sagen: „Bleib bei mir."

Marie ist aus dem Zimmer gegangen. Fanny ruft nach ihr, sucht sie, ihr Mantel liegt auf ihrem Bett.

Truffaut schippt Schnee vor dem Haus. Er habe sie eben noch gesehen, sie sei mit dem Kaffeesatz dort hinübergelaufen, sagt er und zeigt in Richtung Lenzkircher Viehhütte. Die dramatischen Erzählungen von den Abgestürzten und Erfrorenen, die erst bei der Schneeschmelze wieder gefunden würden, schießen Fanny durch den Sinn. Sie streift sich in Windeseile den Mantel über und läuft nach draußen.

„Madame!" Truffaut stellt die Schneeschaufel weg und läuft hinter ihr her. „Es ist gefährlich, Madame!" Sie solle doch nicht einfach so in den Schnee hinausrennen, vielleicht sei die Marie ja doch irgendwo im Haus.

Als Antwort trifft ihn ihr Blick. Es ist der gleiche Blick, mit dem sie heute Morgen den Waldhüter hat ziehen lassen.

Die Stellen, an denen die Menzenschwander Marie sonst die armen Seelen füttert, sind verlassen, und weil es unaufhörlich schneit, sind auch die Spuren zugedeckt. Gestern Abend noch hat Truffaut sie beobachtet, wie sie ihm an der Hausecke auflauerte, um seine Zigarettenkippen aufzulesen, und wie sie die dann heimlich in ihrer Schürzentasche verschwinden ließ.

Es ist Truffaut, der Marie schließlich findet. Sie sitzt, halb erfroren und völlig aufgelöst, auf der Treppe hinter dem Hof, die in den Garten führt. In der einen Hand hält sie seine Zigarettenkippen, die andere hat sie schützend darüber gelegt, wie sie es bei den Brotkrumen immer tut. Sie habe ihren Liebsten gesucht, kommt heraus, nachdem Truffaut sie ein wenig beruhigt hat. Er sei einfach weggegangen, ausgerechnet heute, an Allerseelen, erzählt sie ihm mit leeren Augen.

Truffaut trägt sie in die Stube, setzt sie am Ofen ab und legt ihr fürsorglich seinen Mantel um, von dem er den Schnee abgeschüttelt hat. Marie lässt es zu, dass dieser Fremde, dessen Zigarettenkippen sie wie einen Schatz in der verschlossenen Hand hält, ihr mit behutsamen Fingern die Haarsträhnen aus dem Gesicht streicht. Er setzt sich neben sie, legt eine seiner großen Hände auf ihre und tröstet sie: „Vielleicht kommt er morgen. Er wird schon kommen. Irgendwann."

Fanny schreckt aus ihren Gedanken auf. Demnächst werden der Bruder und der Knecht hungrig vor der Tür stehen. Sie denkt an den Hasen, der seit Tagen bereits abgezogen hinten in der Scheune hängt.

Truffaut behauptet, dass das Anbraten von Fleisch Männersache sei. Er besieht sich den Hasen von allen Seiten, schnalzt anerkennend mit der Zunge, nickt bestätigend und trägt ihn dann wie eine Trophäe vor sich in die Küche.

Wieder hantiert er mit vertrauter Gewandtheit am Küchentisch, bemächtigt sich der Kasserolle, der Töpfe und Pfannen, dreht und wendet den Hasen, und jeder seiner Griffe ist fast liebkosend. Fanny sieht ihm von der Seite zu, wie er in der für ihn typischen gebückten Haltung die Keulen und Vorderbeine abtrennt, dabei zufrieden schnauft und sich die Hände an dem Küchentuch abwischt, das er sich zuvor in den Hosenbund gesteckt hat, als sei er hier in diesen vier Wänden geboren.

„Es gibt keine glückliche Liebe", sagt er unvermittelt, während er den Rücken von den Häutchen und Sehnen befreit und sich danach erkundigt, wie sie den Hasen zuzubereiten gedenke. Sie zuckt etwas überrascht mit der Schulter. Sie würde ihn halt sauer zubereiten. Truffaut gestikuliert wild um sich. Sauer sei wohl die ungebührendste Art der Zubereitung für einen solch majestätischen Hasen. Er sieht sie durchdringend an. „Ich mache Euch eine Hasenpastete, Madame!", schlägt er ihr vor.

Eine Hasenpastete? Das sei ausgeschlossen, wehrt sie energisch ab. Die Männer bräuchten etwas Warmes im Bauch und eine gute Soße und hätten überdies keinen Sinn für einen derartigen städtischen Überschwang wie eine Hasenpastete.

Daraufhin reibt Truffaut die Hasenteile wie beschwörend mit Öl, Salz, Pfeffer, Essig und aus der Reisetasche besorgtem getrocknetem Thymian und Rosmarin ein, lässt sie in einer Schüssel durchziehen und philosophiert zwischendurch über die Liebe.

„Sie lebt nur von Tränen, Madame", erklärt er ihr.

Der Duft der Kräuter lässt ihre Gedanken schweifen, weit weg vom Feldberg, um sofort wieder zurückzukommen an diesen magischen Ort, an dem einer steht, dem die Kunst des Bratens und des Schmorens im Blute liegt, eine Eigenschaft, die sich weder durch aufmerksamste Beobachtung noch durch Fleiß erwerben lässt.

Als gäbe es nichts Selbstverständlicheres auf der Welt, hackt er mit tanzendem Messer Zwiebeln klein, dünstet sie im Fett ausgelassener Speckwürfel an und lässt den dabei entstandenen Duft durch Fannys Sinne ziehen. Eine gelassene Heiterkeit legt sich mit diesem Duft über die ganze Küche, und während es draußen stürmt, legt Truffaut noch eine Gelbe Rübe und ein Lorbeerblatt dazu und streut Pfefferkörner über alles. Seine Hände sind überall gleichzeitig, komponieren, dirigieren und streicheln dann eine Flasche Rotwein, die er fachmännisch entkorkt.

„Hört nur, Madame, was für ein Klang!", lacht er. Er schenkt ein Glas ein, hält es andächtig in Augenhöhe, als richte er einen Gruß an Bacchus, den Gott des Weines.

Durch das Glas hindurch sieht er ihr in die Augen. Dann lässt er es sanft kreisen, neigt es immer wieder, um das Bouquet aufzunehmen, zeigt sich zufrieden damit und hält es ihr hin, damit sie davon koste.

Und sie, die sich bis dahin bei Wein strengste Zurückhaltung auferlegt hat, tut es ihm gleich, führt dann zögernd ihre Lippen zum Glas und kostet ihren ersten Schluck. Es sei ein Roter Chinon, sagt Truffaut, und er habe es in sich.

Dann wendet er sich wieder dem Hasen zu. Genüsslich und lebhaft gestikulierend beschreibt er den Saft, die Farbe, die Mürbheit, den Duft und das Aroma des Bratens, und er trifft dabei den Ton, als beschreibe er die Reize einer bewundernswerten Frau.

Während Fanny ihm zuhört und dabei an dem Glas nippt, begreift sie auf einmal, dass dieser Truffaut ein Könner ist. Mit einem wie ihm, schießt es ihr durch den Kopf, ließe sich, zumindest den Sommer über, aus dem Feldberger Hof etwas machen.

Der Wein gurgelt und gluckst, als Truffaut zum Ablöschen ansetzt. Es zischt in der Kasserolle. Durch den aufsteigenden Dampf beobachtet Truffaut, wie Fanny gedankenverloren das Glas absetzt.

Er schmeckt ab, leert einen Löffel voll Soße auf einen kleinen Teller, schlürft, schmatzt und schnauft zufrieden.

Dann hält er Fanny den Teller hin. Sie ziert sich, lässt schließlich unter seinem herausfordernden Blick ihre Zunge über den Teller gleiten. Er sieht sie fragend an, sie nickt voll Anerkennung und errötet dabei. Schnell streicht sie sich mit dem Handrücken eine verirrte Haarsträhne aus dem Gesicht, zupft sich die Schürze zurecht und geht aus der Küche, um nach Marie zu sehen.

Die Mittagszeit ist längst überschritten. Der Tisch ist wie zu einem Fest gedeckt, und wie durch Zauberei hat sich noch eine zweite Flasche Chinon in Truffauts Gepäck gefunden. Ohne Carl und den Knecht würde man nicht beginnen.

Während des Wartens verwickelt Truffaut Fanny in ein Gespräch über süßsauer eingelegte Zwetschgen. Er folgt ihr in die Vorratskammer, als sie dort den Ankenhafen an seinen angestammten Platz zurückstellt, und bleibt unter der Tür stehen, den rechten Arm an den Balken gelehnt und die Augen auf sie gerichtet.

„Wartet in Basel ein Mann auf Euch?“, fragt er plötzlich und muss gleich darauf husten.

„Ihr raucht zu viel, Monsieur“, bemerkt sie trocken. „Esst lieber einen Apfel!“

Sie greift nach einem Apfel und will ihn Truffaut reichen. Da trifft sie sein überraschter Blick und sie erschrickt. Äpfel seien nur aus Frauenhänden Verführung, hat er gestern Abend gesagt.

Ihre Hände geben vor, die Äpfel auf der Hurde zu ordnen. Sie muss verrückt geworden sein. Dieser Wein hat es in sich.

Truffaut nimmt den Arm vom Türbalken herunter.

An der Eingangstreppe werden Stiefel abgeklopft, Männerstimmen ertönen, die Haustür wird aufgestoßen.

„Carl!“, ruft Fanny erleichtert und rennt an Truffaut vorbei auf den Flur. „Carl!“

Mitten im Lauf bleibt sie stehen, zögert. Der kalte Luftzug, der an der Tür zur Vorratskammer vorbeistreicht, hat eine bedrückende Stimmung mitgebracht. Sie ist bis zum hintersten Winkel des Hauses zu spüren.

Carl Mayer ist durch den Waldhüter über die Anwesenheit des fremdländischen Gastes in Kenntnis gesetzt worden. Insgeheim hat er nur deshalb den Aufstieg gewagt – trotz seines schlechten Befindens und der Bedenken des halben Menzenschwander Hinterdorfs. Er sieht blass und zerknittert aus an diesem Tag, mit dunklen Bartstoppeln im Gesicht, und hat nur ein paar knappe Begrüßungsfloskeln für seine Schwester und den Gast übrig.

Sie will Näheres über seinen Gesundheitszustand wissen und wie es ihm denn ergangen sei. Er müsse bestimmt großen Hunger haben nach dieser Anstrengung. Freudig berichtet sie ihm, der Tisch sei gedeckt und das Essen fertig und es gebe Hasenbraten mit einer wunderbaren Soße.

Der Waldhüter und der Knecht haben den Bratenduft schon in der Nase und stellen ungeduldig einen Fuß vor den anderen in der Hoffnung, endlich zu Tisch gebeten zu werden, der Aufstieg von Menzenschwand hat Hunger gemacht.

Carl wird noch blasser. Was ihr einfalle, fragt er sie leise, der Hase sei für den nächsten Sonntag für den Besuch des Raimartibauern bestimmt gewesen. Ob sie denn verrückt geworden sei. Sie habe doch bisher immer gewusst, was sie zu tun und zu lassen habe, und zudem schicke es sich nicht für eine Frau ihres Alters, sich nachts noch mit einem fremden Gast zu unterhalten. Sie wisse ja nicht einmal, wer dieser Franzose sei.

Schon im Flur hat Fanny versucht, zwischen Truffaut und Carl zu vermitteln. Ihm sei der Hunger vergangen, sagt Carl knapp, er brauche jetzt einen Schnaps. Marie springt sofort mit der Kirschwasserflasche herbei. Carl geht auf Truffaut zu und besieht ihn sich von Kopf bis Fuß.

„Ihr wisst sicherlich, Monsieur, dass meine Schwester so gut wie verheiratet ist“, sagt er.

Der Knecht kratzt sich am Kopf, schlurft missmutig auf die Haustür zu, der Waldhüter folgt ihm. Truffaut zieht sich den Mantel über, klopft wortlos alle Taschen nach Zigaretten ab, nestelt endlich ein Päckchen hervor und lässt die Haustür hinter sich ins Schloss fallen.

Eine Zeit lang ist es totenstill, nur Carl hüstelt. Fanny spürt Schuldgefühle in sich aufkommen. Sie hat gelacht, hat sogar ein paar Schlückchen französischen Rotwein getrunken, während ihr kranker Bruder sich ihretwegen auf den Feldberg hinaufgekämpft hat. Sie hat es gut gemeint mit dem Hasenbraten.

Allein mit Fanny, verschwindet der abwehrende Blick aus Carls Augen. Aber er bleibt angespannt.

„Hier", sagt er niedergeschlagen und zieht einen Briefumschlag aus seiner Westentasche, „unser ganzes Vermögen. Wenn man das Vieh davon abzieht, die Schürzen, die Taschentücher, die Heugabel und die Notargebühren, bleiben noch 208 Mark übrig, und das ist dann die Erbschaft fürs Kind."

Er hält ihr den Umschlag hin.

„Und der Köpfer Fridli aus Bernau ist zum Vormund ernannt worden", ergänzt er noch vor dem nächsten Hustenanfall. Und jetzt ist auch noch der Hase weg. Sie hat ihn einfach gebraten.

Es dauert eine halbe Ewigkeit, bis sie endlich mit zittrigen Fingern das Schriftstück aufgefaltet hat. Sie will es nicht wahrhaben, dass sogar Verones Gebetbuch und die Eheringe mit verrechnet wurden und dass nun das mutterlose Kind einen Vormund haben solle. Das sei eben so, erklärt ihr Carl, damit der verbleibende Elternteil nicht über den Kopf des Kindes hinweg entscheiden könne.

Ihr Herz klopft so verrückt, dass sie sich auf den Küchenhocker setzen muss. Carl geht vor ihr auf und ab.

„Ich weiß nicht, wie ich hiermit jemanden bezahlen soll, der sich um das Kind, den Haushalt und den Hof kümmert", gibt er zu. „Ich weiß nicht einmal, wie ich an Martini den Zins bezahlen soll."

Sie ahnt, worauf ihr Bruder hinaus will. Sie spürt die Bitte, die sich jetzt breit machen will, und steht auf.

„Du wirst jetzt aber doch nicht denken, dass ich hier oben bleibe", wendet sie ein und weicht einen Schritt zurück. „Du wirst doch nicht erwarten, dass ich – ", setzt sie noch einmal an, bricht ab und fährt dann fort, da müsse man halt jetzt ganz schnell zusehen, dass da wieder eine richtige Frau auf den Hof komme, nicht wahr.

Carl geht einen Schritt auf sie zu.

„Ich brauch dich jetzt“, sagt er nur. „Ich weiß nicht, wo ich zuerst anpacken soll.“

Er habe noch eine Schwester, die er um Hilfe bitten könne, erinnert Fanny ihn an ihre Zwillingsschwester Rosa in Freiburg.

Die habe mit sich selber zu tun, ist seine Antwort. Eine Weile schweigen sie.

„Ich habe keine Ahnung, wie man mit einem Kind umgeht“, erklärt er ihr dann, „ich trau mich nicht einmal, es anzufassen.“

Sie sei doch diejenige, die sich damit auskenne, betont er, sie habe doch in Basel sogar einen Hebammenkurs besucht. Aber doch nicht für den Feldberg, antwortet sie ihm. Sie lehnt sich Hilfe suchend an die Wand.

Erst neulich wieder habe die Marie-Urs zu ihm gesagt, es sei eine Schande, dass die Fanny verwöhnte Kinder fremder Basler Herrschaften erziehe und sich nicht um das hilflose Kind des eigenen Bruders annehmen wolle, bricht es vorwurfsvoll aus ihm heraus. Sie solle doch bleiben, bittet er.

„Carl, ich bitte dich, wie stellst du dir das vor“, sagt sie entschlossen. „Ich gehöre nach Basel! Der Vater braucht mich dort auch.“ Ob er denn wisse, was es für eine Frau bedeute, auf dem Feldberg zu leben, will sie von ihm wissen und gibt ihm gleich die Antwort selbst. Eine Frau könne sich nämlich einmotten, begraben, beerdigen lassen hier oben. Eine Frau müsse schon blind vor Liebe sein, wenn sie es hier oben aushalte.

Dann rennt sie die Treppe hinauf in ihr Schlafzimmer.

Sie poltert dort herum, schlägt Schranktüren und Schubladen auf und zu und kommt bald darauf im Mantel wieder herunter.

„Das kann kein Mensch von mir verlangen, kein Mensch, alles, was Recht ist“, schimpft sie. „Heilige Muttergottes, steh mir jetzt bei. Mach, dass das nicht wahr wird! Ich kann mich doch nicht einfach von meinem Bruder festhalten lassen.“

Entschlossen geht sie auf die Haustür zu, als ihr Koffer aufspringt und sich ihre ganzen Habseligkeiten im Flur verstreuen. Sie sei nur auf Besuch, erinnert sie Carl, viel zu lange schon, und stolpert dabei über ihren Koffer.

Als sie ihn wieder einräumt, weint sie.

Ihr Bruder kann sich nicht beklagen. Seit Februar hat sie sich Tag und Nacht um ihn, das Kind und den Feldberger Hof gekümmert. Seit Februar hat sie die ganze Armseligkeit zusammengehalten, und seit jenem unglückseligen Tag hat sie kein Geld mehr verdient. Wer weiß schon, wie lange man in Basel noch bereit ist, auf sie zu warten? Wenn Carl wieder heiraten würde, das weiß sie, müsse sie ihr Bündel sowieso packen.

Er werde bestimmt nicht mehr heiraten, beteuert er. Aber, mit Verlaub und nichts für ungut, da kennt sie die Männer anders. Am Ende sei eben doch Hans was Heiri und Heiri was Hans.

Einen Augenblick lang ist es still. Fanny ringt nach Luft, als der Waldhüter seinen Kopf vorsichtig zur Tür hereinstreckt. Sie ruft ihm zu, er müsse doch Hunger haben.

Er verbeugt sich nur kurz und meint, er wolle jetzt dann wieder ins Dorf hinunter, bevor es dunkel wird. Ob er, mit Verlaub, noch einmal den Schlitten haben könne, er würde ihn bestimmt morgen oder übermorgen wieder zurückbringen.

Fanny stößt den Koffer mit dem Fuß zur Seite. Sie lasse ihn doch nicht hungrig zurückgehen, ist ihre Antwort, er solle doch noch einen Augenblick in der Stube warten.

Der Waldhüter rührt sich nicht vom Fleck. Er schaut zu Boden und hört und sieht nichts.

„Unsere Mutter hätte auch nicht gewollt, dass ich hier oben versauere“, ruft Fanny ihrem Bruder nach. Und als Marie mit dem weinenden Oskar aus der Stubentür kommt, schreit sie ihr zu, mein Gott, sie solle ihm halt vom Kindermehl anrühren.

„Unsere Mutter wäre geblieben!“, schreit Carl zurück. Aber Fanny schüttelt den Kopf. Sie bleibt dabei, sie gehört nach Basel. Und der Vater braucht sie auch.

Es muss die dritte Zigarette sein, die Truffaut nun im Schnee ausdrückt, nachdem er Zug um Zug in den Schneehimmel gestarrt hat. Er klopft die Stiefel ab und öffnet zögernd die Haustür. Es ist sehr kalt draußen.

Fanny fordert ihn auf hereinzukommen, sie wolle sich von ihm verabschieden. Das träfe sich gut, ist seine knappe Antwort, er habe diesen Entschluss soeben auch für sich gefasst. Sie wankt kurz, als sie sich wegdreht.

Wie besessen geht sie im Flur auf und ab, im Begriff, gleich mit dem Koffer in der Hand für immer und ewig zu dieser Haustür hinaus zu verschwinden. Weg von diesem unberechenbaren armseligen Berg, auf dem sieben Monate lang Winter und fünf Monate lang kein Sommer ist. Wo sie nichts sieht als Viehhütten, ein paar alte Pfannen und Elend. Sie würde sich auch ein zweites Mal durch den Schnee kämpfen.

Der Waldhüter steht noch immer im Flur und dreht seinen Hut in den Händen. Er müsse nun wirklich gehen, mit Verlaub, betont er wieder.

Carl hat wütend den Mantel wieder angezogen. Er hüstelt und ruft dem Waldhüter nach, er solle warten, er würde ihn auf dem Schlitten nach Menzenschwand hinunterfahren und morgen wieder zurückkommen. So lange habe seine Schwester Zeit, sich ihrer Pflicht bewusst zu werden.

Der Waldhüter wehrt ab. Man könne doch das Freilein Fanny und das Kind nicht die ganze Nacht hier oben alleine lassen. Aber Carl ist nicht aufzuhalten. Der Waldhüter wirft Fanny einen wehmütigen Blick zu. Er hat schon genug Scherereien daheim wegen dieses Auf und Ab Tag für Tag.

„Marie-Urs hat Recht gehabt", ruft Carl noch, bevor er geht. „Wenn unser Herrgott das Kind doch nur auch zu sich geholt hätte! Jetzt muss es bei fremden Leuten aufwachsen."

Dann wirft er die Tür hinter sich zu. Fanny hört ihn draußen noch husten. Sie stellt langsam den Koffer ab, wankt auf Marie zu, nimmt ihr das Kind aus den Armen, drückt es fest an sich und weint.

Plötzlich steht Truffaut mit Reisetasche und Rucksack vor ihr in der Stube und bittet sie um seine Schuldigkeit. Sie gibt sich gefasst. Der Weg ins Wiesental sei der gefährlichste aller Wege hier oben, betont sie, als erzähle sie ihm dies zum ersten Mal, und wischt sich mit dem Handrücken Tränen aus dem Gesicht. Außerdem habe es schon wieder angefangen zu schneien, fügt sie hinzu.

Sie möge ihm die Schuldigkeit machen, bittet er ein zweites Mal und verneigt sich demütig vor ihr.

„Ihr seid mir nichts schuldig, Monsieur", antwortet sie ihm unter Tränen. „Geht in Gottes Namen! Geht!" Seine Versuche, ihr für die Herberge und das Essen zu danken, weist sie zurück. Sie sei es, die zu danken habe.

„Und jetzt geht endlich!" Ihr Herz will ihr fast zum Hals hinausspringen. Bleibt!, hämmert es. Bleibt, geht, bleibt, geht! Aber macht dieser Zerrissenheit ein Ende. Geht und bleibt dann weg und lasst mich in der Endgültigkeit zurück, lasst mich hier oben lebendig begraben sein.

Noch einmal verbeugt er sich, lässt sie nicht aus den Augen, bis er aus der Stubentür verschwunden ist. Sie lauscht seinen schweren Schritten nach.

Es ist totenstill geworden in der Stube des Feldberger Hofes. Fanny steht auf einen Schlag allein hier oben auf diesem verlassenen Berg und fühlt sich so hilflos wie das Kind auf ihrem Arm. Ein Kloß steckt ihr im Hals und schnürt ihr die Kehle zu. Noch nie hat sie sich so verloren gefühlt. Sie wankt wie betäubt durch den Flur, immer noch das Kind auf dem Arm, und reißt die Haustür auf.

„Monsieur!", ruft sie in das Schneetreiben hinaus. „Monsieur!" Der Schnee fällt kalt und lautlos, hat alles gleich gemacht und schnell die Spuren zugedeckt. Sie zittert. Das Kind beginnt zu weinen. Sie deckt es mit ihren Armen zu, so gut sie kann.

„Monsieur Truffaut!", schluchzt sie noch einmal in die Stille hinaus und die Tränen laufen ihr über die Wangen. „Ihr hattet mir doch eine Apfeltarte versprochen! Ihr habt es versprochen, Monsieur!", murmelt sie und kann nicht aufhören, diesen Satz immer wieder vor sich hin zu sagen. Vielleicht, um das Leben daran zu erinnern, dass es ihr viel verheißen hat und sie nun hier oben am Ende der Welt mit einem verlassenen Kind sitzen lässt. „Ihr habt es versprochen!"

„Deshalb stehe ich noch hier, Madame!“, tönt es plötzlich von der Hausecke her. Truffauts Stimme klingt entschuldigend, beinahe schüchtern. Er steht da und zieht an einer Zigarette.

„Ihr habt mich gehört, Monsieur?“, fragt sie erschrocken und versucht rasch, die Spuren ihrer Verzweiflung aus dem Gesicht zu wischen.

„Ich hörte Euch rufen, ehe ich Eure Stimme vernahm“, antwortet er träumerisch zwischen zwei langen Zügen. Er drückt seine Zigarette aus. Das Kind auf ihrem Arm ist still geworden.

„Wartet!“, bittet er und streckt ihr ein zusammengefaltetes, zerschlissenes Blatt entgegen. „Hier, nehmt, Madame, ich bitte Euch! Ein Rezept von Escoffier. Er ist der Meister der Soßen“, sagt er etwas verlegen und macht ihr damit bewusst, dass er am Herd ihre Gedanken wahrgenommen hat.

Er hätte es ihr von irgendwo unterwegs mit der Post zukommen lassen, fügt er noch hinzu und wendet sich dann ab. Sie spürt, dass Truffaut mit diesem verschlissenen Stück Papier einen Teil von sich selbst bei ihr lassen möchte.

„Um diese Jahreszeit kommt keine Post“, sagt sie und streicht dem Kind über den Kopf. „Ihr wisst doch, wenn es schneit, traut sich hier keiner mehr herauf.“ Ihre Stimme zittert. „Man stirbt hier oben lautlos“, fügt sie noch hinzu und es klingt, als wolle sie ihn bitten, nicht wegzugehen.

„Ihr holt Euch den Tod, Madame. Ich bitte Euch, geht wieder hinein!“

Sie dreht sich niedergeschlagen um, nimmt ihn zum letzten Mal aus den Augenwinkeln wahr, sieht ihn noch einmal eine Zigarette anzünden.

Fanny lässt still die Tür hinter sich ins Schloss fallen, steht wie betäubt mit dem schlafenden Kind in ihren Armen. Sie erschrickt, als es an der Tür klopft.

Der schmale Türspalt gibt den Blick frei auf Truffauts dunkle, besorgte Augen.

„Die Apfeltarte, Madame“, erinnert er sie fast bittend.

Er zwängt sich mit seiner Umhängetasche, dem Rucksack und der Reisetasche herein, schließt die Tür. Er hat ihre Tränen gesehen. Als er im dunklen Flur Gepäck und Mantel ablegt, flattert ihr das Herz.

Plötzlich taucht Marie aus der Küche auf. Fanny übergibt ihr das Kind und trägt ihr auf, das Kirschkernsäcklein im Backofen zu wärmen und es dem Kind ins Bett zu legen.

„Ich pflege meine Versprechen zu halten, Madame“, erklärt Truffaut. Sie öffnet ihm die Stubentür, bedeutet ihm mit einer Handbewegung einzutreten, der Tisch steht immer noch gedeckt. Er geht an ihr vorbei und streift wie zufällig ihren Arm. Sie zuckt kaum merklich zurück, fordert ihn auf, am Ofen Platz zu nehmen, und setzt sich neben ihn.

„Ihr solltet um diese Zeit nicht alleine sein hier oben“, sagt er, bekommt aber keine Antwort. Sie schweigen. Sie hält noch immer das zusammengefaltete Papier in ihrer kalten Hand. Sie spürt seine warmen Hände, die ein wenig zittern, als er ihre umschließt.

Plötzlich springt sie von der Ofenbank auf und läuft hinaus. Er hört sie in der Küche hantieren. Nach einer Weile kommt sie mit einer dampfenden Tasse in der Hand wieder herein.

„Als ich noch die kleine Fränze war mit langen, dicken Zöpfen“, erzählt sie, während sie in vorsichtigen Schritten auf ihn zugeht, „stand eines Tages auf dem Freiburger Münsterplatz ein großer Mann hinter mir. Um seinen majestätischen Bauch hatte er eine Schürze gebunden. Er legte seine schwere Hand auf meine Schulter, deutete auf die Marktfrau am Stand drüben und trug mir auf, ihr eine Tasse Kaffee hinüberzutragen. Das kann ich nicht, sagte ich erschrocken zu ihm, ich verschütte den Kaffee bestimmt, aber da hatte ich schon die Tasse in der Hand.

Das-kann-ich-nicht gibt es nicht, sagte der Mann. Man kann alles, wenn man will. Du darfst nur nicht auf die Tasse schauen. Schau nur immer auf die Frau!

Und was meint Ihr, Monsieur“, Fanny bleibt auf der Stelle stehen und lächelt ihn ein wenig von der Seite an, „ich konnte es tatsächlich. Dieser Mann hat mich das Servieren gelehrt!“

Truffaut lacht. Er nimmt die Tasse entgegen und zieht den Duft ein, der ihm entgegenströmt.

„Heiße Schokolade vertreibt trübe Gedanken“, sagt Fanny feierlich, und Truffaut ahnt, dass sie ihm hier etwas sehr Kostbares schenkt. Fanny verrät nicht, dass die Schokolade von ihrer Basler Dienstherrin stammt. Sie hat ihr im Februar, als sie Hals über Kopf dem Hilferuf ihres Bruders auf den Feldberg gefolgt ist, zur Stärkung drei Tafeln zugesteckt. Jetzt sind sie aufgebraucht.

Truffaut rühmt die heiße Köstlichkeit und fügt hinzu: „Als wären wir in einem Café in Paris.“

Fanny horcht auf. Er sei also schon in Paris gewesen? Und als er nickt, sagt sie: „Ich bin noch nicht weitergekommen als bis Basel.“ Sie lacht: „Aber in Freiburg gilt Basel schon als Vorort von Paris!“

Sie erzählt ihm, dass sie in Basel lange Jahre Haushälterin und Gesellschaftsdame der Großmamme Gemuseus gewesen sei und seit deren Tod bei der Enkeltochter die beiden Kinder Albert und Fanny betreue. Im Haus der Großmamme am Petersplatz habe sie Schiller gelesen und darauf begeistert nach Hause geschrieben, dass der Mensch zur Freiheit geboren sei, was die besorgte Mutter veranlasste, die Tagesreise mit dem Zug von Freiburg nach Basel auf sich zu nehmen. Fanny schildert sie, wie sie in ihrer altmodischen schwarzen Haube mit den drei violetten Schleifen vor der Tür der guten Frau Gemuseus stand, um sich zu vergewissern, dass sie hier nicht dem sündigen Leben verfallen sei.

Wenn sie lacht, hat sie ein Grübchen in der rechten Wange, stellt Truffaut für sich fest. Jetzt macht sie ein nachdenkliches Gesicht. Sie schweigt, hängt ihren Gedanken nach.

Sie hat nicht nur gelesen in Basel. Sie hat auch ihr Französich vervollkommnet, das sie in der Freiburger Klosterschule als begabte Schülerin erlernen durfte. Mit ihrer Basler Dienstherrin, deren adlige Familie während der Französischen Revolution in die Schweiz vertrieben wurde, hat sie hin und wieder mit Vergnügen französische Sätze gewechselt. Aber das erzählt sie ihm nicht. Sonst muss sie womöglich Französisch mit ihm reden. Und was sie ihm sagen möchte, ist schon auf Deutsch schwierig genug.

Stattdessen erzählt sie ihm von ihren ersten Kochversuchen, als kleines Mädchen damals in Freiburg, als sie mit den Eltern und Geschwistern in der Hinteren Wolfshöhle wohnte.

„Ich wollte grüne Bohnen machen und konnte in der ganzen Wohnung kein Fett finden. Da entdeckte ich auf dem Nachttisch meines Vaters eine Dose mit einer fettigen Masse. Ich wusste nicht, dass es Pomade war und tat es in die Pfanne! Meine grünen Bohnen verbreiteten einen derart üblen Geruch, dass sich die Leute im Haus beschwerten.“ Dabei habe sie es doch nur gut gemeint und der Mutter helfen wollen.

Er betrachtet sie von der Seite, lächelt, denkt: Ja, sie hat es immer gut gemeint, hat immer helfen wollen. Und nun sitzt sie also hier oben fest.

Aber das sagt er nicht.

Sie hat noch nie von diesem Escoffier gehört. Truffaut habe, so erfährt Fanny nun, mit Escoffier im exclusivsten Restaurant von Paris gearbeitet, dem Moulin Rouge, wo Escoffier vom Chef Saucier zum Chef de Cuisine aufstieg, bevor er sein eigenes Restaurant eröffnete, das »Faisant Dure«.

„›Faisant Dure‹ bedeutet – “. Er überlegt. „Ihr würdet sagen ›harte Arbeit‹“, übersetzt er. Sie nickt, sie hat verstanden, dass dieser Escoffier sich unter größter Anstrengung einen Stern vom Himmel heruntergeholt hat.

Ein gutes Restaurant, sagt Truffaut, und sein Blick geht träumerisch in die Ferne, erkenne man an einem eleganten Raum, einer exquisiten Küche, einer freundlichen und aufmerksamen Bedienung und einem erlesenen Weinkeller. Und er erzählt von fulminanten Menüs an festlich gedeckten Tischen mit fröhlichen Menschen. Ah, Paris …

„Und was hat Euch von Paris auf diesen gottverlassenen Berg geführt?“, fragt Fanny verwundert.

Er habe sich auf Einladung Seiner Durchlaucht, des Fürsten zu Fürstenberg, zur Eröffnung der Jagd in dieser Gegend aufgehalten. Das Großherzogtum Baden und der Schwarzwald seien ihm durchaus nicht unbekannt. Er habe seine Heimat, die Touraine, früh verlassen und sei viel herumgekommen. Er sei keiner, der es lange an einem Ort aushält.

Truffaut erzählt fast ohne Akzent, die warme Melodie seiner Muttersprache aber, die in jedem seiner Wörter wie die Farbe eines reifen Cognacs mitklingt, bringt ihre Gedanken zum Schwingen. Sie schämt sich jetzt für ihr abweisendes Verhalten gestern Abend. Aus Angst, er könne in seinen Erzählungen innehalten, sitzt sie ganz still, traut sich kaum zu atmen.

„Ihr solltet immer einen erlesenen Wein im Keller haben, Madame. Er ist so wichtig wie Weihwasser“, sagt er, lacht auf einmal verlegen, hält dann inne, und als sie ihn fragend ansieht, fügt er hinzu: „Ich bin mit Weißem Sancerre getauft worden, Madame, ich war ein Notfall, mein Leben schon gleich nach der Geburt keinen Pfifferling wert, und die Hebamme hatte zur schnellen Taufe geraten. Man hatte kein Wasser zur Hand. Da hat mein Vater den besten Wein geholt.“ Er lacht und hustet. „Wie Ihr seht, es muss in der Tat ein guter Wein gewesen sein, Madame.“

„Da ist es Euch doch besser ergangen als mir“, antwortet sie. „Wir waren Zwillinge, wisst Ihr, zwei Mädchen, Rosa und ich. Stellt Euch vor, Monsieur, bei mir riet die Hebamme gleich nach der Geburt, mich im Badewasser liegen zu lassen, da ich zum Leben nicht taugen, den Tag nicht überleben würde.“

„Aber wir sind hier, Madame. Beide!“, lacht Truffaut. „Seht uns an! Wir leben.“ Dann beugt er sich ganz nah zu ihr und flüstert. „Zwei wie wir sind geboren zum Überleben.“

Später, als der Wind draußen die Schneeflocken zu immer höheren Schanzen zusammentreibt, wärmen sie den Hasenbraten auf, setzen sich an den Tisch und essen. Genussvoll tunkt Truffaut mit einem Stück Brot die Soße von seinem Teller auf und lobt dabei deren seidigen Glanz mit noch vollem Mund.

„Wir kosten mit der Zunge, Madame, demselben Organ, das wir zum Sprechen benutzen", erklärt er ihr, als sie ihn von der Seite beobachtet, und schiebt ihr ungefragt einen Bissen in den Mund. „Man hat uns zwar beigebracht, den Bissen zuerst hinunterzuschlucken, bevor wir anfangen zu reden, aber köstliches Essen lädt uns immer ein, unserer Befriedigung sofort Ausdruck zu verleihen. Nun tut es schon! Verleiht Eurer Bewunderung über dieses Kunstwerk an Soße Ausdruck!"

Doch bevor sie dazu kommt, die Soße zu loben, fährt er fort: „Ihr wisst, Madame, gute Küche entwickelt sich dort, wo auch die Kunst der Konversation blüht." Fanny seufzt. Hier oben auf dem Feldberg und unten in Menzenschwand spricht man nur das Nötigste miteinander.

Doch Truffaut ist nie um das rechte Wort verlegen. Seine lebhaften Gedanken springen hierhin und dorthin, und für die Dauer eines Atemzugs ist für sie dieser Feldberg der Nabel der Welt.

„Ihr solltet Euch Paris auf den Feldberg holen", flüstert er ihr verheißungsvoll über den Tellerrand zu, als er den letzten kostbaren Soßenfleck auftunkt. „Ihr habt doch selbst gesagt, man kann alles, wenn man will."

Sie schüttelt den Kopf über die Verwegenheit dieses Gedankens. Was könnte sie Paris auf dem Feldberg schon bieten außer ein paar alten Pfannen, einem hilflosen Kind, einem kränkelnden Bruder und riesigen Schneehaufen, die sie von der Welt und vom Leben abschneiden! Dann muss sie plötzlich lachen.

„Der Raimartibauer drunten vom Feldsee", berichtet sie, „hat neulich erzählt, dass in strengen

Wintern am Feldsee unten Tausende von Zentnern Eis abgegraben würden für Pariser Brauereien und Restaurants. Glaubt Ihr das?“

Und als er nickt, schüttelt sie wieder den Kopf und sagt: „Und ich hatte ihn immer in Verdacht, mir einen Bären aufbinden zu wollen.“

Plötzlich erfasst sie eine tiefe Traurigkeit. Sie wird in der Küche bald ohne Eier auskommen müssen, die Hühner kommen langsam in die Mauser. Alles, was ihr den Sommer über das Dasein hier oben erträglicher gemacht hat, geht auf einmal zur Neige, und auch der Besuch dieses eigentümlichen, weltgewandten Franzosen kommt ihr vor, als sei das Leben persönlich bei ihr vorbeigekommen, um sich nun für lange Zeit zu verabschieden.

Das Gespräch ist verstummt. Truffaut legt das Besteck umständlich zur Seite, räuspert sich, schnauft.

„Verzeiht die Frage, Madame, aber Euer Bruder erwähnte, dass Ihr so gut wie verheiratet seid“, bricht es plötzlich aus ihm hervor. Sein Blick fällt auf den Ring, den sie an der linken Hand trägt. Sie merkt es und zieht die Hand vom Tisch.

„Er ist tot“, erklärt sie knapp. „Er starb von heute auf morgen an einer Lungenentzündung.“

Truffaut sieht sie erschrocken an. Sie fügt leise hinzu: „Ich sagte Euch doch, das Leben hat mir viel versprochen und wenig gehalten.“

Vorsichtig greift er nach ihrem Handgelenk. Sie lässt es zu. „Es scheint mein Schicksal zu sein, immer wieder verlassen zu werden. Ihr seid ja selbst Zeuge davon geworden.“

„Dieses Schicksal“, sagt er sanft, „scheint Ihr mit dem Kind gemeinsam zu haben, Madame. Nur scheint ihm das Leben, im Gegensatz zu Euch, erst gar nicht viel zu versprechen.“

Er hält immer noch ihre Hand. Sie entzieht sie ihm und sieht ihn entgeistert an.

„Ihr denkt also auch, ich sollte hier bleiben? Bei dem Kind?“, fragt sie und lässt ihn dabei nicht aus den Augen.

„Das müsst Ihr selbst entscheiden, Madame, Ihr seid eine kluge Frau und scheint ein großes Herz zu haben.“ Er beugt sich zu ihr, haucht einen flüchtigen Kuss auf ihre Hand und flüstert: „Ich spüre: Da, wo du bist, da ist Leben und Wärme. Du gibst diesem Haus eine Seele.“

Sie ist seinen Augen ganz nah, sieht die feinen Linien und Fältchen, die von Lebensfreude und Lachen erzählen. Sein Blick streichelt ihr Gesicht. „Bleib hier!“, will sie sagen. „Bleib!“ Aber sie sagt es nicht.

Beim Huf- und Wagenschmied im Menzenschwander Hinterdorf berät man sich schon seit dem späten Nachmittag bei Zichorienkaffee im Festtagsgeschirr mit dem Pächter des Feldberger Hofs über seine unglückliche Lage. Der Schmied hat ihn mit dem Knecht auf dem Weg zu Verones Vater gesehen und hereingerufen.

Wie es der Zufall will, klopft bald darauf die Frau des Menzenschwander Herders bei der Frau des Schmieds an. Mit ihrem Mann Ambrosius Maier und ihrem kleinen Sohn Gustav betreibt sie den Sommer über die gemeindeeigene Viehhütte auf dem Feldberg. Dort versorgt sie Wanderer mit Milch, Käse, frischem Brot und Wein. Sie, die Frau des Brosi, bemüht sich sehr, weltmännisch aufzutreten. Die Welt soll sehen, dass die Menzenschwander durch Künstler aus ihren Kreisen gute Beziehungen zum Karlsruher Hof pflegen. »Madame Brosi aus Hintermenzenschwänz«, nennt Fanny sie seit ihrer ersten Begegnung, bei der sie breitspurig vor ihr stand und im breitesten Menzenschwander Dialekt auf sie einredete.

Die Menzenschwander Viehhütte liegt, von Menzenschwand aus gesehen, vor dem Feldberger Hof. Zumindest den Sommer über sind die Maiers also unmittelbare Nachbarn von Carl und Fanny. Kein Wunder, dass Madame Brosi, kaum waren im Juni die Wege zum Feldberg wieder begehbar, vorbeikam, um nachzusehen, wie sich die Schwester des Pächters hier oben »mache«. Unter dem Vorwand, mit dem Raimartibauern am Feldsee unten ein Wörtchen reden zu müssen, klopfte sie unterwegs am Feldberger Hof an und baute sich breitspurig vor Fanny auf, wie eine richtige Madame, hä gell au, hä aber au. Sie hatte ihr Gustävle an der Hand und zeigte ihm die neue noble Wirtin aus der Stadt, die offensichtlich noch lernen müsse, einen Haushalt und ein Gasthaus zu führen und erst noch ein Kind zu versorgen. Jeremareie, der Kleine sei aber zu gering für sein Alter, stellte sie fest und trug Fanny auf, ihm einen dicken Haferschleimschoppen zu geben. Sie erkundigte sich danach, ob er denn auch ein rechtes Bettchen habe, bedauerte den Tod der schönen Verone und erst recht Fanny, die die letzten Winterwochen hier oben hatte verbringen müssen.

Fanny hat die Dinge schon immer beim Namen genannt und ihr nicht verheimlicht, dass sie demnächst wieder nach Basel zurückkehren werde. Heimlich genoss sie es, im Angesicht der Madame Brosi, den Katastrophen, die man hier oben Leben nannte, abzusagen, und erntete das erwartete Unverständnis. Sie solle sich schämen, ihren Bruder mit dem Kind im Stich zu lassen, schimpfte Madame

Brosi und zog ihr Gustävle weiter, dem sie von hier an auf Schritt und Tritt einschärfte, was für ein Glück es für ihn sei, so eine anständige und gescheite Mutter zu haben.

Und jetzt steht sie also beim Schmied in der guten Stube, rein zufällig natürlich. Sie hat den Mayer schon gestern mit dem Knecht und dem Waldhüter auf dem Schlitten vorbeifahren sehen und, wunderfitzig, wie sie ist, möchte sie gern wissen, was los ist, dass er heute schon wieder da ist. Sie führt ihr Gustävle mit und fordert es auf, dem Mayer zur Begrüßung die Hand zu geben, aber die schöne, klopft ihm, hä gell au, hä aber au, auf die Finger, als es dann doch die linke Hand anbietet. Dann fragt sie Carl Mayer ohne Umschweife, wie es denn stehe droben auf dem Feldberg, und hält auch gleich mit ihrer Meinung nicht hinter dem Berg: Sie habe es der Schwester auf den ersten Blick angesehen, hä gell au, hä aber au, dass die nicht für den Feldberg gemacht sei, und schon gar nicht für den Winter. Und was habe sie da gehört, es sei jetzt auch noch ein Franzose oben bei ihr, jeremareie, Mayer, der wird ihr noch die rechten Flausen in den Kopf setzen. Er solle nur auf der Hut sein, hä gell au, hä aber au. Dass Verone aber auch sterben musste, so ein schönes Mädchen!

Der Knecht kratzt sich am Hinterkopf und geht aus der Stube hinaus, um nachzusehen, ob es denn immer noch nicht aufhören will zu schneien.

Carl Mayer hat ihre Botschaft zwischen den Zeilen verstanden. Der Feldberger Hof gehört einigen Menzenschwander Bürgern, Eisenwarenhändlern und Uhrenfabrikanten, die in der Schweiz zu Geld gekommen sind und sich zu einer Aktiengesellschaft zusammengeschlossen haben. Wie es scheint, wird bereits darüber gemunkelt, ob der Mayer überhaupt die Pacht aufbringen könne. Carl schweigt.

Die Frau des Schmieds meint, also, sie wisse nicht, ob sie sich einen Strick um den Bauch hätte binden und im Schneesturm und noch halber im Dunkeln das Mareieloch zum Feldberg hätte hinaufschinden lassen, sie wisse nicht, ob sie das alles auf sich genommen hätte. Es klingt wie ein Lob.

Carl sieht seine Schwester wieder vor sich, wie sie sich sofort die Schürze umgebunden und Ordnung geschafft hat. Sie hat sich um das hilflose Kind gekümmert und ihn zu trösten versucht. Herrgott, er hat sich aufgeführt wie ein Idiot. Dieser weltgewandte Franzose wäre durchaus in der Lage, sie ihm vom Feldberg fortzulocken.

Am nächsten Morgen geht Fanny früh in die Waschküche und zündet unter dem großen Kessel Feuer an. Sie steht, ein Kopftuch und eine lange Schürze umgebunden, zwischen Kessel und Zuber und schüttet zu den in eiskaltes Wasser und Soda eingeweichten Windeln heißes Wasser, tunkt die Seife in die Waschbrühe, reibt und klopft die schmutzigen Windeln über dem Waschbrett, seift sie, wo sie Flecken findet, noch einmal ein, tunkt sie an der einen Stelle ein, um sie an einer anderen aufgeblasen wieder auftauchen zu lassen, schwenkt sie im sauber gebürsteten Schüttstein und fischt sie mit der hölzernen Wäschezange heraus, um sie abzubrühen und in den Hafen mit kochendem Wasser zu legen.

Ihr Bauch ist kalt und so nass wie ihre Füße. Sie ist froh, dass der große Waschtag erst in ein paar Tagen ansteht. Marie hat die restliche Wäsche schon sortiert in weiße Wäsche, Küchenwäsche, Bettwäsche und Männerhemden, von denen es einen großen Korb voll gibt. Fanny ist müde. Sie hat aufgescheuerte Finger. Auf einmal fällt ihr ein, Armand Truffaut würde heute vielleicht die Apfeltarte backen wollen. In der Küche des Feldberger Hofes kann man jederzeit backen. Da steht einer jener modernen monumentalen Herde, dessen Herzstück ein Backofen ist. Den wöchentlichen Backtag abzuwarten, wäre nicht nötig. Truffaut könnte also sein Versprechen jederzeit einlösen. Und dann, denkt sie und bekommt plötzlich Angst, dann würde ihn nichts mehr hier oben halten.

Von der Treppe aus kann sie ihn sehen. Er schaufelt den Zugang frei, kommt auf sie zu und deutet fürsorglich auf ihren nassen Bauch. Sie versteht, was er ihr sagen will, geht ins Haus zurück. An der Vorratskammer bleibt sie stehen, hält ihre Schürze auf, holt schnell einen Apfel nach dem anderen aus dem Regal und lässt sie alle darin verschwinden. Sie würde sie in ihrem Zimmer verwahren, und wenn er danach fragen würde, wären sie schon alle aufgebraucht. Als sie aus der Vorratskammer herauskommt, tritt er gerade zur Haustür ein.

„Du bist ja immer noch ganz nass", stellt er besorgt fest, und ihr fallen vor Schreck die Äpfel aus der Schürze.

„Ich dachte, Apfelmus passt gut zu Hasenbraten", sagt sie schnell, als er sie fragend ansieht.

„Wunderbar sogar", erwidert er, bückt sich, um die Äpfel wieder einzusammeln und treibt sie an, jetzt endlich die nassen Kleider abzulegen.

Sie sehen sich wieder in der Küche. Er setzt sich zu ihr an den Küchentisch und hilft ihr, die Äpfel zu schälen. Sie sind recht klein, haben aber eine schöne, regelmäßige Form und leuchten da, wo die Sonne sie getroffen hat, blutrot mit feinen gelben Punkten, als wären sie lackiert. Sie haben eine feine, glatte aber dicke Schale.

Eine Zeit lang schälen sie schweigend. Sie beobachtet ihn heimlich und kann sich nicht satt daran sehen, wie geschickt er die Äpfel in der Hand hält, wie flink seine Finger beim Schälen sind und wie behutsam.

„Ein Pomme Dieu, ein Gottesapfel", stellt er fest. „Ich weiß gar nicht, wie er zu diesem Namen kommt, es ist nicht die allerfeinste Sorte."

Er riecht am Fruchtfleisch, lacht und meint, vielleicht möge der liebe Gott ja auch die nicht ganz vollkommenen Dinge, weil die erst durch die Liebe vollkommen würden. Und er ist zuversichtlich, dass das Apfelmus geschmacklich durchaus werde bestehen können.

„In der Schweiz nennt man sie Churzemuserli, weil sie so klein sind", erklärt sie. „Aber ich habe die Äpfel nicht aus der Schweiz. Ein Bauer aus dem Unterland hat sie mir gebracht."

„Ein Winterapfel", sagt er und streicht mit der Hand sachkundig über die Oberfläche. „Der Frost schadet ihm nicht. Er wird sogar noch schmackhafter, wenn er gefriert."

Truffaut schaut Fanny an und fügt hinzu: „Unter seiner festen Schale bleibt er jung und frisch bis weit über den Frühling hinaus."

Sie versteht, dass er jetzt nicht nur vom Apfel gesprochen hat. Aber sie geht nicht darauf ein.

„Wahrscheinlich dachte der Bauer, dass hier oben in der Kälte keine anderen Äpfel überleben. Hier muss man eine feste Schale haben", sagt sie.

„Wahrscheinlich wollte er, dass du den langen, einsamen Winter über recht oft an ihn denkst", behauptet er lachend und steckt ihr den Apfelschnitz, aus dem er gerade das Kerngehäuse entfernt hat, in den Mund. Er schmeckt saftig und süßsäuerlich, fast wie gewürzt.

„Und jetzt schneit es hier oben bis zum Ende der Welt?“, fragt er dann vorsichtig. Sie weiß, was er sie eigentlich fragen will, und zuckt mit den Schultern.

„Jedenfalls wäre ich im letzten Februar beinahe im Schnee ertrunken“, antwortet sie. „Dafür kommt der Sommer meistens erst im nächsten Jahr.“

Sie schneidet den letzten Apfel in zwei Hälften. Auf einmal fällt ihr auf, dass das Kerngehäuse aussieht wie ein Herz. Die Kerne fallen heraus wie Tränen. Sie stockt einen Augenblick, dann schneidet sie die Kerngehäuse entschlossen heraus und zerteilt die Hälften in schmale Schnitze.

„Fertig!“, sagt sie und streicht sich mit dem Handrücken eine Haarsträhne aus dem Gesicht. Da bemerkt er, wie aufgeweicht und aufgerieben ihre Finger vom Windelwaschen sind. Er zieht ihre Hand zu sich und haucht langsam und behutsam auf jede Fingerkuppe einen Kuss. Einen Augenblick sitzt sie versunken da, dann zieht sie die Hand sachte wieder zurück. Sie steht auf und trägt den Topf mit den Apfelschnitzen zum Herd. Das Apfelmus wird mit der aufgewärmten Hasensoße trefflich harmonieren.

Das Mittagessen ist noch nicht kalt geworden, als Carl und der Knecht sich mit dem Schlitten zum Feldberg hinaufschinden. Carl hat die Post, die seit dem starken Schneefall nicht mehr auf den Feldberg gebracht worden ist, von der Poststelle beim Kaufmann Beckert im Menzenschwander Vorderdorf geholt.

Er ist überrascht, den Zugang zum Hof gebahnt und seine Schwester frohgemut anzutreffen. Er und der Knecht setzen sich still und misstrauisch an den Tisch und sprechen dem restlichen Hasenbraten zu. Armand Truffaut hat sich weiterhin nützlich gemacht und den Stall frisch ausgemistet. Er versucht nun, mit Carl ins Gespräch zu kommen, indem er ihn über die Hinterwälder Rasse ausfragt und ihm von den Charolais-Rindern erzählt, die Carl als hochbeinige Dürrständer bezeichnet.

Der Knecht sitzt andächtig und ganz versunken vor seinem Teller. Carl gibt sich nicht sehr gesprächig und nagt nachdenklich, doch anerkennend an einem Schulterknochen. Immerhin gibt er zwischendurch Einzelheiten über die Viehzucht in dieser Gegend bekannt, so dass sich Armand Truffaut ungefähr ein Bild davon machen kann, was für einen wertvollen Besitz die Feldbergweiden für die Menzenschwander darstellen.

„Das Menzenschwander Vorderdorf hat die Lenzkircher Viehhütte neben dem Feldberger Hof aufgekauft, nachdem die Lenzkircher mit Seiner Durchlaucht, dem Fürsten zu Fürstenberg in Rechtsstreitigkeiten geraten waren", erklärt Carl, während sein Teller sich leert. „Sie halten hier oben auf dem Feldberg nicht nur Jungvieh, sondern auch Ochsen und Pferde. Darin unterscheiden sie sich von den anderen Gemeinden, die hier oben ebenfalls Weideland haben."

Fanny wirft Armand Truffaut einen vielsagenden Blick zu, als Carl noch einmal von diesem wunderbaren Apfelmus verlangt mit dem feinsäuerlichen, gewürzten Geschmack.

Sie hat währenddessen den an sie adressierten Brief geöffnet. Ihre Basler Dienstherrin lässt sie wissen, dass die Familie im Oktober in die Lange Gasse 90 umgezogen sei. Das Albertli und die kleine Fanny hätten darauf gehofft, mit ihr die Herbstmesse besuchen zu können, vermissten sie von Tag zu Tag mehr und fragten nach, wie lange sie denn noch wegzubleiben gedenke.

Sie muss ihnen so schnell wie möglich schreiben, dass sie hier oben noch gebraucht wird, denkt sie. Sobald der Schnee festgefroren ist, wird sie diesen Brief persönlich nach Menzenschwand zur Poststelle hinuntertragen und gleich noch Zucker, Kernseife und Zichorienkaffee einkaufen. Marie würde so lange auf das Kind aufpassen.

Und sie muss unbedingt mit Carl reden, so bald wie möglich. Aber Carl sieht blass und erschöpft aus und hustet. Er sei müde, gibt er vor, als sie ihn darauf anspricht, und macht sich auf den Weg in sein Zimmer. Nur gerade so viel deutet er ihr an, dass sie ab Martini wieder nach Basel zurück könne. Er bringe dieses Jahr die Pacht nicht auf und werde versuchen, mit dem Kind in Freiburg unterzukommen. Es sei ja wohl keine Schande, fügt er noch hinzu. Der Pächter, der vor ihm hier oben sein Glück versucht habe, sei ja auch am Winter gescheitert.

„Ich geh weg von hier“, sagt er entschieden.

Fanny spürt, wie ihr das Blut in den Kopf schießt.

„Dann war das alles umsonst?“, fragt sie ihn aufgebracht. „Ich habe im Februar mein Leben aufs Spiel gesetzt und das des Waldhüters dazu“, redet sie auf ihn ein. „Ich habe mich den ganzen Sommer über abgeschunden und abgemüht, damit genügend Gäste kommen, und jetzt soll das alles umsonst gewesen sein?“

Carl zuckt hilflos mit den Schultern. Es sei nun mal so und er könne es nicht ändern. Und ihr könne es doch nur recht sein, wo sie ja nur darauf warte, nach Basel zurückzugehen.

Nein, es sei ihr überhaupt nicht recht! So nicht!

Ein seltsamer Kampfgeist erwacht in Fanny. Es gefällt ihr nicht, dass Carl so schnell aufgeben will. Sie müssten nur über den Winter kommen, redet sie auf ihn ein. Irgendwie. Im nächsten Sommer kämen dann wieder Sommergäste. Man müsste sich was einfallen lassen, dass die Übernachtungen zunähmen. Sie habe den Raimartibauern erzählen hören, dass der Schwarzwaldverein Wege bauen wolle, fährt sie fort, dann bräuchten die Wanderer keine Bergführer mehr und kämen von selbst herauf und die Sommerfrischler könnten unbeschwerlich die Gegend erkunden. Carl winkt nur ab. Sie hält ihn am Ärmel fest.

„Wenn wir es richtig anstellen, könnten wir den Feldberger Hof zum Nabel der Welt machen", sagt sie. Carl sieht sie an, als sei sie nun von allen guten Geistern verlassen.

„Das hat dir wohl dieser windige Franzose ins Ohr geflüstert", erwidert er, reißt sich los und geht in sein Zimmer.

„Und was wird aus dem Kind, wenn in Freiburg unten dein Lungenleiden wieder ausbricht?", ruft sie ihm hinterher.

In ihr brodelt es. Sie sieht sich wieder an diesem schrecklichen Februarabend in die Stube kommen, in das ganze Unglück hinein, das sich da versammelt hatte. Gewissermaßen über Nacht hat sie ein Kind bekommen, und es hat ihre Augen. Dieses Kind hat ihr sein erstes zahnloses Lächeln geschenkt, als sie ihm zugeredet, ihm gesagt hat, es solle nicht traurig sein, sie würde es nicht im Stich lassen. Sie würde nicht zulassen, dass dieses Kind bei irgendeiner fremden Frau in einer dunklen, muffigen Stube seinen ersten Zahn bekomme, seine ersten Wörter sage und seine ersten Schritte mache.

Sie muss dieses Kind beschützen.

Sie hat in Basel noch Geld auf der Bank, hat Franken und Räppli für die bevorstehende Hochzeit mit Friedrich zusammengespart. Damit könnten sie jetzt über den Winter kommen, denkt sie, und dann würde man weitersehen.

Die Nacht ist klar geworden und eisig kalt. Armand Truffaut steht vor der Tür. Er hat sich seinen Schal um den Hals gewickelt und zündet sich eine Zigarette an. Zum ersten Mal sieht er hier oben die Sterne blitzen.

Er lässt seine Gedanken schweifen.

Diese Fanny ist eine merkwürdige Frau, denkt er. Hat sie ihn nicht zurückholen wollen, damit er ihr die Apfeltarte backe? Aber als er heute Mittag sein Versprechen einlösen wollte, hat sie die Äpfel alle für das Apfelmus aufgebraucht.

Auf einmal steht sie neben ihm.

„Ich war noch nie so nah am Himmel", sagt er leise und schaut dem Rauch seiner Zigarette nach, der in den kalten Sternenhimmel steigt. „Ich muss dir danken."

Er sucht ihre Hand, hält sie fest, streichelt sie mit dem Daumen. Seine warme Hand tut gut.

„Du hast mich vor dem sicheren Absturz bewahrt, mein Engel", flüstert er. Er zieht ihre Hand ganz nah zu sich, haucht Küsse darauf. „Vor dem Absturz ins Wiesental!", lacht er dann.

Sie macht ihre Hand los. Er soll sich darüber nicht lustig machen, denkt sie. Er müsste spüren, dass ich es nicht ertragen hätte, wenn man bei der Schneeschmelze im Fahler Loch die Leiche eines Mannes gefunden hätte, mit einem grauen Schal um den Hals und französischen Zigaretten in der Manteltasche.

Sie wünscht ihm eine gute Nacht und lässt die Türe ins Schloss fallen. Morgen schon würde sich wieder die Kälte ins Haus schleichen, das spürt sie. Zweifel überfallen sie, ob sie sich nicht auf zu großspurige Gedanken eingelassen hat. Sie weiß ja nicht einmal, ob sie die Summe, die Carl benötigt, überhaupt aufbringen kann. Und falls Carl doch wieder heiraten würde, wäre ihr Geld verloren und sie würde gehen müssen. Aber sie ließe nicht zu, dass er ihr das Kind wegnähme, dieses Kind, dem das Leben nichts Gutes versprochen zu haben schien.

Sie holt den Kleinen, nimmt ihn zu sich, hält ihn die ganze Nacht im Arm und kann erst gegen Morgen einschlafen, als die Zeit bald kommt, in den Stall zu gehen.

Es überrascht sie nicht, dass ihr unverhoffter Wintergast sie am Morgen erneut darum bittet, ihm die Schuldigkeit zu machen. Sie versucht, den Augenblick des Abschieds hinauszuzögern, verwickelt ihn noch einmal in ein Gespräch, verschwindet plötzlich und kommt bald darauf in ihren besten Kleidern die Treppe heruntergestolpert, die Reisetasche in der Hand.

Sie drückt das Kind noch einmal an sich, zeichnet ihm mit dem Daumen ein Kreuz auf die Stirn, gibt Marie kurze Anweisungen, ruft dem Knecht, er solle den Schlitten herausholen und steht dann vor Carl und Armand.

„Wir fahren über Albbruck“, sagt sie. „Von Basel aus kommt man in die ganze Welt.“ Bei Schwarzlis oder Beckerts drunten in Menzenschwand würde man ihr sicher den Schlitten einspannen und sie nach Albbruck bringen.

Armand Truffaut versucht, Fanny von ihrem überstürzten Vorhaben abzubringen, aber Carl weiß, dass sie sich von nichts auf dieser Welt aufhalten lassen würde. Sie hat in Basel Dringendes zu erledigen, und Carl kennt nur den einen Teil davon. So war sie immer. Schon als Kind hat sie ihren Kopf durchgesetzt. Immer ist sie die Stärkere gewesen.

Er solle den Knecht übermorgen nach dem Mittagessen nach Menzenschwand schicken, trägt sie ihm auf. Sie warte im Vorderdorf bei der Poststelle auf ihn. Und er solle pünktlich sein.

Der Knecht holt missmutig den Schlitten aus der Scheune. Schon wieder muss er den Weg hinunter nach Menzenschwand machen und dann wieder hinauf. Fanny hat sich auf ihre Reisetasche hinter Armand Truffaut gesetzt, hält sich zaghaft an ihm fest.

Der Wind bläst über die Schneewehen zu beiden Seiten der Bahn, und die Eiskristalle stechen ihr ins Gesicht. Zweimal kippt der Schlitten um, als Truffaut sie mit dem Rücken berührt und sie zurückweicht. Beim ersten Mal steht sie wortlos auf, klopft sich den Schnee aus ihrem langen Rock und steigt wieder auf. Beim zweiten Mal bringt sie ihre rechte Hand unter die Kufen. Das tut weh, die Hand blutet. Die seit der vergangenen Nacht aufgestauten Tränen lassen sich nicht mehr zurückhalten.

Armand Truffaut nimmt den grauen gestrickten Schal von seinem Hals, bindet ihn um ihre verletzte Hand, hält sie fest, wärmt sie, wirft ihr von Zeit zu Zeit einen besorgten Blick zu. Die Tränen könnten auch von der Sonne kommen, die blendet und rundum alles glitzern lässt.

Sie sprechen nichts, steigen nach der Feldbergsäge, dem ersten Haus nach dem Feldberg im Hinterdorf, ab, versuchen, den fest gefrorenen Schnee aus den Kleidern zu klopfen, und der Knecht tritt seinen mühsamen Heimweg wieder an.

Die Frau des Waldhüters sieht ihnen verwundert nach und läuft dann ins Haus, um zu verkünden, dass Mayers Schwester und der Franzose abgereist seien. Bei Schwarzlis erinnert man sich daran, dass man ihr an jenem unglückseligen Februartag die Fahrt auf den Feldberg verweigert hat, und spannt sofort den Schlitten ein.

Armand Truffaut hält ihre Hand immer noch fest, als es St. Blasien zugeht und dann das Albtal hinab nach Albbruck. Sie sitzt wie versteinert auf dem Schlitten und lässt Truffaut nur in Bruchstücken an dem teilhaben, was sie in Basel zu besorgen hat. Auch Carl weiß immer nur die Hälfte ihrer Geschichten.

Erst als sie im Zug sitzen, taut sie langsam auf und holt zwei Speckbrote aus ihrer Reisetasche. Immer wieder sieht sie ihn heimlich an, prägt sich, um ihn nie mehr zu vergessen, jeden Zug seines Gesichtes ein, seine markante Nase zuerst, dann die feinen Linien um seine tiefen, dunklen Augen, die von seiner Lebensfreude erzählen, und seinen Mund, der ihre Hand geküsst hat. Das Gespräch gestern Abend vor der Haustür geht ihr durch den Sinn. Sie hat die ganze Nacht darüber nachgedacht.

„Die Äpfel – “, sagt sie mit trockenem Hals und einem Anflug von Lächeln, „ich habe sie absichtlich aufgebraucht.“

Weiter kann sie nicht reden, weil ihre Stimme zittert. Er weiß ja, was sie sagen will, drückt ihre Hand. Bis Basel sieht sie dann nur noch zum Fenster hinaus.

Dann geht alles sehr schnell. Er steht ihr mitten unter den Reisenden noch einmal gegenüber, lässt seine Blicke über ihr Gesicht wandern, über ihr Grübchen, lächelt wehmütig, steckt eine verirrte Haarsträhne unter ihren Hut zurück, streicht ihr mit dem Handrücken über die Wange und dankt ihr noch einmal.

Sie sei es, die zu danken habe, sagt sie, gibt ihm dann die Hand, auf die er noch einmal einen flüchtigen Kuss haucht. Sie dreht sich um, wirft noch einen Blick zurück. „Fanny!", ruft er ihr noch nach, aber sie verschwindet hinter einer Flügeltüre.

Er wird nach Straßburg weiterfahren.

Sie rennt aus der Bahnhofshalle hinaus und stößt beinahe mit einem der vielen Kofferträger zusammen. Erst als sie auf der Bahnhofstreppe steht und ihr die kalte Luft ins Gesicht schlägt, bleibt sie stehen und lehnt sich an eine der Säulen. Ihr Herz springt ihr fast zum Hals hinaus. Es kommt ihr vor, als sei sie in einem einzigen Atemzug den Feldberg hinuntergerutscht. Von ganz nah am Himmel. Wie eine Lawine ist alles in ihr losgebrochen.

Sie versucht durchzuatmen, während sie sich vorstellt, dass er wahrscheinlich schon im Zug nach Straßburg sitzt. Ihre Zehen sind ganz steif gefroren in ihren Stiefeln, sie kann sie fast nicht mehr bewegen.

Basel. Hier fallen die Schneeflocken mit tänzerischer Leichtigkeit vom Himmel herunter, lösen sich in der hereinbrechenden Dunkelheit auf den Dächern und Straßen auf, werden von Augenblick zu Augenblick Vergänglichkeit. Apfelschnitze und Weihwasser und Zigarettenkippen sind auf einmal Schnee von gestern. Die Herbstmesse ist gerade zu Ende gegangen, Händler und Besucher reisen ab. Die Straßen sind nass.

Das Münster ist noch schemenhaft über dem Rhein zu erkennen. Im Kreuzgang dahinter liegt nun die liebe gute Großmamme Gemuseus.

Isch Basel nit e schöni, tolli Stadt?
's sin Hüser drinn, 's isch mengi Chilche nit so groß,
und Chilche, 's sin in mengem Dorf nit so viel Hüser.
's isch e Volchspiel, 's wohnt e Richtum drinn,
und menge brave Her, und menge,
wonni gchennt ha, lit scho lang,
im Chrützgang hinterm Münsterplatz und schloft.

Sie hat vergessen, ihm seinen Schal zurückzugeben, fällt ihr entsetzt auf, er würde frieren. Sie dreht den Schal zittrig in den Händen, hält ihn ins Gesicht, nimmt seinen Duft wahr, den Duft von Armand, vermischt mit Tabakrauch, kaltem Wind und etwas Stallgeruch. Sie hofft, der Duft möge sie noch begleiten, bis sie durch den kalten Luftzug über die Mittlere Rheinbrücke gegangen sei. Er mischt sich jetzt in ihrem Kopf unter gehauchte Handküsse, Roten Chinon, Apfelschnitze und Stierenaugen, lässt sie das Münster und den Rhein vergessen.

Sie sieht seine Hände flink und in sanftem Bogen Kerngehäuse ausschneiden, behutsam Rilettes auf Brotscheiben streichen und sie ihr reichen. Sie geht nun vielen fremden Gesichtern entgegen, die sich hinter aufgestellten Mantelkragen verkriechen und unter winterlichem Putzwerk aus Pelz. Gesichtern, die sie von Kopf bis Fuß taxieren. Sie hat sich am Morgen in Windeseile die Stadtkleider übergeworfen, fällt ihr ein, die Brosche festgeheftet, die Haare hochgesteckt, kaum noch einen Blick in den Spiegel geworfen. Sie fühlt sich unsicher.

Am Mantelärmel stellt sie Stallgeruch fest. Ihre Stiefel haben Schneeränder, sind aufgeweicht, und erst jetzt merkt sie, wie sehr sie friert. Alle paar Schritte wechselt sie die schwere Reisetasche von der einen zur anderen Hand, kann in der Kälte kaum noch die Finger bewegen.

Die Gaslaternen werden angezündet. Am Marktplatz geht sie mit schnellem Schritt die Freie Straße hinauf, denn sie will ihren Vater noch im Laden der Mamme Kost antreffen.

Die Ladenglocke bimmelt wie immer. Ein Duftgemisch aus Kaffee, Bohnerwachs, Mottenkugeln, Kernseife und Lindenblütentee kommt Fanny entgegen. Mamme Kost schiebt sich neugierig aus der Lagertür in den Laden.

Sie kann es kaum glauben, Fanny leibhaftig vor sich stehen zu sehen, und überfällt sie mit Fragen. Wie sie denn nach Basel gekommen sei, ob denn, jeremareie, immer noch keine richtige Straße durchs Wiesental führe. Es sei jetzt an der Zeit für eine Bahnverbindung von Basel nach Todtnau. Wie es sich denn bis zum Feldberg hinauf herumgesprochen habe, dass der Vater krank sei?

„Nichts Tragisches", beruhigt sie die erschrockene Fanny. „Husten halt. Kein Wunder bei diesem nasskalten Wetter." Aber im Alter ihres Vaters könne sich leicht daraus eine Lungenentzündung entwickeln, damit sei nicht zu scherzen.

Fanny hört ihn husten, als sie hinter ihr die Holztreppe zur Stube hinaufgeht, wo ihr Vater, in eine Decke gewickelt, neben dem Ofen am Fenster sitzt und den Schneeflocken zusieht, wie sie an der Gaslaterne vor dem Haus zerschmelzen.

Er ist nicht sehr verwundert, als plötzlich seine älteste Tochter vor ihm steht, hatte sich gerade in der letzten Viertelstunde gefragt, ob es auf dem Feldberg wohl schon kräftig schneie und wie sie dort oben jetzt zurechtkomme. Er weiß ja, dass sie geplant hat, noch vor Wintereinbruch nach Basel zurückzukommen. Jetzt ist sie also wieder da.

Noch bevor Fanny Hut und Mantel ablegen kann, hat Mamme Kost Schlumbergerli und Schwartenmagen mit Brägel auf dem Tisch und entkorkt eine Flasche Markgräfler. Der würde Fanny wieder etwas Farbe ins Gesicht bringen, hofft sie und zeigt sich besorgt darüber, wie bleich und müde das Maidli auf dem Feldberg geworden ist. Seit Monaten hat sie keine Schlumbergerli mehr gesehen, hat auf dem Feldberg oben fast schon vergessen, wie es ist, in die Bäckerei zu gehen und Brötchen zu kaufen. Und noch bevor sie die nassen Stiefel ausziehen kann, muss sie erzählen, was sie vorhat und wie es Carl und dem Kind gehe und woher die Wunde an ihrer rechten Hand käme, und Fanny weint.

Als Andreas Mayer von den Schwierigkeiten seines Sohnes hört, ist er sich mit Fanny schnell einig. Fanny würde den Fuhrunternehmer Fridolin Bauer aus Bernau beauftragen, den Vater, ihre Habseligkeiten und die ihr von der Großmamme Gemuseus vererbten Möbel, Lampen, Tischdecken und Schmuckstücke, die noch im Haus am Petersgraben stehen, mit dem Wagen abzuholen und auf den Feldberg zu bringen, sobald der Schnee tauen würde.

Am darauf folgenden Morgen macht sie sich auf die Suche nach ihrer Dienststelle bei der Familie Mylius an der neuen Adresse in der Langen Straße. Frau Mylius ist die Enkelin der Großmamme Gemuseus und hat Fanny, die schon fast zur Familie gehört, vor zwei Jahren, nach dem Tod ihrer Großmutter, als Kindermädchen eingestellt.

Fanny fühlt sich fast wie eine Fremde in dem neuen Haus an der Langen Straße, aber sie wird aufgenommen, als sei sie nur für eine Nacht weggewesen.

Und während sich Frau Mylius bei den Damen, die im Salon bei Kaffee und Kuchen sitzen, für einen Augenblick entschuldigt, stürmen das Albertli und die kleine Fanny auf sie zu, um sie zu begrüßen und sie gleich auszufragen, ob denn das Buscheli droben auf dem Feldberg nun schon groß sei und wann sie denn wieder zu ihnen zurückkäme.

Durch den Türspalt hört sie jemanden sagen, Frau Mylius solle doch dem anwesenden Damenkreis das aimable Schwarzwälderli nicht vorenthalten, man habe es doch schon viel zu lange nicht mehr gesehen.

Sie wird hereingeholt, die Damen wechseln ein paar freundliche Worte mit ihr, aber Fanny spürt mitleidige Blicke. Sie solle sich von ihrem Bruder nur nicht vereinnahmen lassen, rät man ihr, und sie merkt erst jetzt, wie mitgenommen und verarmt sie auf die Damen aus der feinen Basler Gesellschaft wirken muss. Man gibt sich eine Weile interessiert, um dann die begonnenen Gespräche fortzuführen.

Unter vier Augen teilt Fanny später ihrer Dienstherrin mit, dass die große Aufgabe, die die liebe Großmamme immer für sie vorausgesagt habe, nun auf dem Feldberg auf sie warte. Ihre Stimme klingt fest entschlossen.

Frau Mylius nickt. Sie lasse Fanny nicht gerne gehen, sagt sie, aber sie verstehe, dass man sie auf dem Feldberg jetzt nötig brauche, wenn sie auch immer davon ausgegangen sei, sie würde bald wieder zurück sein. Ihr Zimmer stehe noch immer bereit, es sei allerdings nach dem Umzug noch nicht ganz eingeräumt.

Fanny nimmt ein paar ihrer Kleider und Unterröcke mit, die noch in Schachteln und Kisten verpackt sind. Sie sind nicht mehr nach der neuesten Mode, doch auf dem Feldberg würden sie immer noch für etwas Glanz sorgen. Die restlichen Kleider und die Bücher würde der Fuhrunternehmer aus Bernau abholen, sobald die Wege frei seien.

Das Albertli ist nicht zu beruhigen, als sich die Tür hinter ihr schließt. Sie hört es auf der anderen Straßenseite noch nach ihr rufen. Das Leben ist eben doch ein einziges Verlassenwerden, denkt sie.

Sie geht zur Bank und hebt den größten Teil ihres gesparten Geldes ab, sieht sich noch ein wenig in Basel um und findet, dass eine seltsame Trostlosigkeit über dieser Stadt hängt. Das ehrwürdige Haus der Großmamme Gemuseus am Petersgraben steht leer. Die Erben sind sich offenbar immer noch nicht einig geworden.

Sie steht vor dem großen blauen Haus mit den hohen Fenstern, den weißen Fensterläden und der geschwungenen Steintreppe. Hier bei der Großmamme Gemuseus hatte sie über zwölf Jahre lang alle Fäden in der Hand. Hier standen ihr zwei Dienstmädchen, ein Diener, ein Kutscher und ein Gärtner zur Seite. Hier war sie jeden Sonntag für das große Familienessen verantwortlich, musste dafür sorgen, dass am Montag das gute Geschirr, das Tafelsilber und die Lüster wieder in die Vitrinen verräumt waren. Hier ist sie nach langen Gesprächen zum evangelischen Glauben übergetreten. Hier ist sie über den Tod ihrer Mutter und ihres Verlobten hinweggetröstet worden.

Die gütige alte Großmamme starb hier einsam in ihrem Arm.

„Meine liebe gute Fanny", hört sie die vertraute Stimme der Großmamme sagen, während sie auf der Treppe steht und versucht, in eines der Fenster hineinzusehen.

Der Schreinermeister von vis-à-vis steht unter der Haustür und schaut herüber. Er hat ihr einmal über den Diener Rosen und Levkojen bringen lassen mit einem Umschlag, den sie ihm dann mitsamt Rosen und Levkojen umgehend zurückgeschickt hat.

Sie tut, als habe sie ihn nicht bemerkt, und beeilt sich, auf dem Trottoir zur Schifflände hinunterzukommen. Kalte Luft schlägt ihr entgegen.

Am Geburtshaus des Dichters Johann Peter Hebel bleibt sie kurz stehen. Als Sohn einer Wiesentäler Dienstmagd ist er hier zur Welt gekommen. Hebels Verse und Kalendergeschichten haben sie durch all die Jahre im Haus am Petersgraben begleitet. In der Kommode, die der Fuhrunternehmer Fridolin Bauer abholen würde, müsste noch eine Ausgabe seiner »Allemannischen Gedichte« liegen.

Wo der Dengle-Geist in mitternächtige Stunde
uffeme silberne Gschirr si goldeni Sägese denglet,
(Todtnau's Chnabe wüsse's wohl) am waldige Feldberg,
wo mit liebligem Gsicht us tief verborgene Chlüfte
d' Wiese luegt, und check go Todtnau aben ins Tal springt,
schwebt mi muntere Blick, und schwebe mini Gidanke.
Feldbergs liebligi Tochter, o Wiese, bis mer Gottwilche!

Von der Mittleren Rheinbrücke aus sieht Fanny in die kalten Fluten des Rheins. Nur ein kleines Stück weiter unten mündet die Wiese, das muntere Flüsslein, das unterhalb des Feldberger Hofs entspringt. Ein Kreis scheint sich hier zu schließen.

Fanny lehnt müde am Geländer und sinnt über ihre spontane Reise nach. Es kommt ihr vor, als müsste sie an dieser Stelle auf ihre Seele warten, die immer noch bebt wie ein Ast, der leer zurückblieb, während der Vogel, der auf ihm gesessen hat, schon längst aufgeflogen und für immer in den Wolken verschwunden ist. Ein neues Leben wartet jetzt auf sie, in dem kein Platz mehr ist für Konzerte, Theater, Gedichte und Tanzveranstaltungen. Düstere Gedanken steigen in ihr auf. Man solle nie etwas in den Rhein werfen, pflegte die Großmamme bei solchen verzweifelten Augenblicken zu raten, es könnte einem nachher fehlen.

Fanny sucht nach Armands Schal, hält ihn für kurze Zeit in der Hand, entdeckt ein dunkles Haar, faltet ihn vorsichtig zusammen, damit das Haar nicht herausfällt, und lässt ihn wieder in der Reisetasche verschwinden.

Mit dem abgehobenen Geld, dem Sparbuch, ein paar Kleidern und etwas Kaffee in der Reisetasche betritt sie den Bahnhof. Der Zug nach Albbruck ist schon abgefahren.

Der Schwarzli hat am Bahnhof in Albbruck mit dem Pferdeschlitten auf sie gewartet und zwei, drei Gläser zu viel getrunken. Der Knecht hat sich beim Kaufmann die Beine in den Bauch gestanden, sich Stunde um Stunde weltmännisch eine Zigarre gegönnt und sich dann schließlich, bevor es dunkel wurde, auf den Rückweg gemacht. Er würde morgen wieder kommen.

Als Fanny mit dem letzten Zug ankommt, bleibt ihr nichts anderes übrig, als im »Adler« im Vorderdorf abzusteigen und zu übernachten.

Der Feldberger Hof liegt verlassen zwischen riesigen Schneehaufen. Es steht hier keiner mehr vor der Tür und bläst Rauchwolken in den Himmel hinauf. Das Haus ist leer, und die Einsamkeit erschlägt Fanny fast. Die Suppenteller stehen noch auf dem Holztisch in der Stube. Marie hat mit dem zahnenden Kind zu tun, hat es von einem Zimmer in das andere getragen, auf eine Speckschwarte beißen lassen. Fanny gibt ihm nun eine Brotkante, bindet sich die Schürze um, räumt auf und geht dabei ihren Gedanken nach.

Manchmal starrt sie zum Fenster hinaus. Der Himmel ist so schmutzig weiß, dass sie nicht sieht, wo er aufhört und wo die Erde anfängt. Wenn es erst einmal taut, denkt sie dann, sind seine Spuren alle verschwunden.

Sie zerschneidet ihre gestärkten Volantunterröcke mit der kostbaren Schweizer Spitze, um daraus Kopfkissen für die Gästezimmer zu nähen. Sie würden ihr im Sommer vielleicht verdienen helfen. Nein, sagt sie zu Marie, sie wolle keinen Tee. Nicht jetzt. Der Ofen bringt die Wärme nicht mehr.

Der lieb Gott het zum Spötlig gsait:
„Deck weidli zue, was übrig isch!"
Druf het der Winter Flocke gstreut.

Die Nächte sind kalt. Carl brütet düstere Gedanken aus, von denen er nichts erzählt. Jeden Abend, sobald es dunkel wird, stellt Marie das Licht ans Fenster.

„Damit er zurückfindet", sagt sie, um dann für den Rest des Abends und den nächsten Tag bis zur Dämmerung wieder zu verstummen.

Sie sind hier oben lebendig begraben. Fanny weiß, dass kein einziger Weg mehr zu ihnen führt.

Der Schnee hat alle Spuren zugedeckt. Lässt alles schweigen. Es ist still, und diese Stille lähmt.

Sie hat ihr Stadtkleid, an dem sie in Basel Stallgeruch bemerkt hat, in viele Stücke zerschnitten, und nun, wenn sie mit einem dieser Stoffstücke das Fensterbrett abstaubt oder die Ofenbank oder die Treppenstufen, holt sie die Vergangenheit wieder ein, wirbeln mit dem Staub Erinnerungen auf, die sich auf ihre Seele legen. Dann raunt und flüstert seine Stimme im Zimmer, hört sie es in der Weinflasche gurgeln und glucksen, sieht seine Hände Kerngehäuse ausschneiden, hört sich reden und lachen. Sehnt sich nach Unterhaltung. Nach Wärme und Nähe.

Paris tanzt um diese Zeit in den Salons. Die Frauen tragen schwarze Pelzmuffs und Hüte mit Pelzbesatz, duften nach Patschouli und lassen sich, in elegante Mäntel gehüllt, von Mietkutschen in die Theater fahren, kaufen kandierte Orangenschalen in der Konditorei oder trinken Champagner in festlich beleuchteten Restaurants. So hat es ihr Armand Truffaut geschildert.

Die Nussbaummöbel aus Basel wird sie in das Zimmer Nr. 1 stellen, das hat sie sich in den langen Nächten so ausgedacht. Sie wird eine Fürstensuite daraus machen mit Eiswürfeln auf dem Waschtisch, wie sie es in Basel gesehen hat. Vielleicht. Sie wird sich ein Stück Paris auf den Feldberg holen. Sie muss ihre Träume groß genug träumen, denkt sie. Bis sie dann auf der Erde ankommen, sind sie ohnehin kleiner geworden.

Manchmal schleicht sie sich in ihr Zimmer und zieht mit klammen Fingern die Schublade ihrer Kommode auf, in der sie den grauen gestrickten Schal mit dem Barthaar aufbewahrt, und bildet sich ein, Armand Truffaut wird sie so lange nicht vergessen, solange sie an seinem Schal noch einen Hauch von kaltem Wind, Stallgeruch und Zigarettenrauch wahrnimmt. Ihre Träume gehen ihm nach bis nach Straßburg, Paris, in die Touraine. Mit dem Schal in der Kommode wird sie den langen, trostlosen, trüben Winter über nicht so einsam sein. Sie stellt die Weihwasserflasche vor die Schnapsflasche.

Vielleicht wird Verones Vater aus Bernau mit dem Pferdeschlitten an Weihnachten oder am Neujahrstag für ein, zwei Stunden den Weg zu ihnen herauf finden und ein Schnitzbrot mitbringen. Vielleicht. Wenn der Weg festgefroren ist.

2

„Puutpuut putput, puutpuut!" Rosa Bauer hat auf Fannys Geheiß den Verschlag zum Hühnerstall geöffnet. „Puutpuut." Sie füttert die Küken mit dem Brei aus eingeweichtem Brot, Milch und Eigelb. „Puutpuut putput, puutpuut!", lockt sie. Es hat lange gedauert, bis die letzte Schneeinsel im Garten endlich verschwunden war.

Mit ihren sechzehn Jahren ist das Rösli, wie alle Schwarzwälderinnen, sehr schüchtern, zierlich, hat ihre schwarzen Haare zu Zöpfen geflochten und einen sonderlich eigensinnigen Zug um den Mund. Sie nennt den kleinen Oskar »Männi«, und der hängt ihr seit der ersten Stunde am Rockzipfel.

Während sie die Hühner füttert, erzählt ihr Fanny, wie die Tochter der guten Großmamme in Basel, eine vornehme, aber geizige Frau, ihr einmal diesen Brei aus den Händen gerissen hat. Das sei doch Verschwendung, habe sie entsetzt gerufen und den Brei selber gegessen.

„Und was meinst du, Rösli", sagt Fanny, „hat sie geantwortet, als ich sie fragte, mit was ich denn nun die Küken füttern solle?"

Rösli schaut sie erwartungsvoll an.

„Sie hat gesagt, die sollen gefälligst an der Alten saugen", erzählt Fanny und lacht mit Rösli über die Unkenntnis der Damen aus der vornehmen Basler Gesellschaft.

Rösli steht mit Fanny jeden Morgen um fünf Uhr auf, macht mit ihr Feuer im Ofen an, füttert die Schweine, hilft den beiden Knechten beim Melken und macht ihnen, während sie frühstücken, das Bett. Sie hilft Fanny und Marie beim Brotbacken, beim

Wäschewaschen, hängt mit Marie die Wäsche auf, hilft ihr in der Küche und fegt die Laube, den Hausgang, die Treppe, bohnert sie am Samstag und putzt den Abort. Den Sommer über wird sie beim Bedienen der Gäste helfen müssen, die Gläser schwenken, den Speisesaal kehren und den Kaffeetisch richten.

Sie ist die Tochter des Bernauer Fuhrunternehmers, den Fanny beauftragt hat, nach der Schneeschmelze den Vater und ihr Hab und Gut von Basel auf den Feldberg zu holen, und ist bald nach dem strengen Winter auf den Hof gekommen.

Im letzten Sommer hat Fridolin Bauer im Auftrag von Verones Vater schon eine Fuhre zum Feldberger Hof gebracht und bei dieser Gelegenheit mit eigenen Augen die Wirtin gesehen, von der man in Bernau seit jenem unglückseligen Tag im Februar geredet hat. Ihre weltoffene Erscheinung, ihr fester, sicherer Händedruck und die Wärme, die in ihrer Stimme mitklang, ließen in ihm von einem Augenblick auf den nächsten den Wunsch aufkommen, ihr seine Tochter in Stellung zu geben.

„Rösli!", ruft Fanny aus dem Stall. „Schnell! Komm! Schnell!"

Die Kuh Ella ist am Kalben, und es sieht nach einer schwierigen Geburt aus. Carl ist in Bernau unten, die beiden Knechte beim Menzenschwander Herder.

„Jetzt müssen wir zupacken, Rösli", sagt sie. Rösli soll an den Beinchen des Kalbes ziehen, doch ihr kommen die Tränen.

„Ich kann das nicht, Fräulein Fanny", schluchzt sie, „ich habe so etwas noch nie gemacht."

„Zieh, Rösli, komm, zieh schon!", ruft Fanny außer sich. „Man kann alles, wenn man will. Zieh, Rösli, zieh schon, zieh! Die Beinchen dicht am

Rumpf entlang, nicht von ihr fort, hörst du, nicht von ihr fort, sag ich, Herrschaft, Rösli, so verreißen wir das Muttertier! Komm, Kälbchen, komm, mach deiner Mutter keine Stempramente", dirigiert sie und zieht zusammen mit Rösli das Kälbchen aus dem Muttertier heraus, reibt es mit Stroh ab und überlässt es der Mutter, die sofort beginnt, den noch unbeholfenen kleinen Körper abzulecken.

Fanny lehnt sich an die Stalltür, schluchzt, streicht sich mit dem Handrücken Tränen und Schweiß aus dem Gesicht und beruhigt Rösli, die immer wieder beteuert, das nächste Mal würde sie es bestimmt besser machen, sie habe so etwas noch nie gemacht, gewiss nicht.

Man kann alles, wenn man will! Fanny hat ihre Angst vor den Tieren vor Rösli verborgen. Niemand hier oben weiß, welche Ängste sie beim Melken aussteht, und wie sehr sie sich vor den Schweinen fürchtet. Nun hat sie einer Kuh beim Kalben geholfen.

Der Bernhardiner bellt, als sie sich am Brunnen die Hände waschen, und Rösli sagt auf einmal: „Jerenei, Fräulein Fanny, dort kommt mein Vater mit dem Wagen, ganz beladen."

Fridolin Bauer aus Bernau hat den Weg durchs Wiesental genommen und sich den Karrenweg und das Fahler Loch hinaufgekämpft. Neben ihm auf dem Kutscherbock sitzt Fannys Vater. Das ganze Fuhrwerk ist beladen mit Kisten, einem Nussbaumschrank, einem großen Spiegel mit Goldrahmen, einer Kommode, einem Sekretär, einem Kristallleuchter, Koffern und vielen Schachteln. Fanny und Rösli überschlagen sich vor Freude.

Das letzte Wegstück haben sich weder der Fuhrunternehmer noch sein Mitreisender so abenteuerlich vorgestellt. Die beiden Pferde schienen mehrmals mit der Steigung überfordert. Je näher sie dem Feldberg kamen, desto sumpfiger wurde das Gelände. Einmal entgingen sie mit knapper Not einem Achsenbruch. Aber nun sind sie glücklich oben.

Fannys Vater ist in schweres englisches Tuch gekleidet. Er strahlt Optimismus aus, bringt eine heitere Gelassenheit mit. Auf dem Weg durchs Wiesental hat er Fridolin Bauer mit kleinen Geschichten unterhalten, ihm von seiner Präger Großmutter erzählt, die jeden Morgen noch im Bett zuerst ihre Pfeife rauchte, bevor sie dann nach ihren Strümpfen und den Kleidern griff.

Nun steht er auf seinen Stock mit dem Silberknauf gestützt und verlangt, endlich seinen Enkel sehen zu dürfen, streicht sich dann nachdenklich den dichten, grauen Schnurrbart zurecht, denn er stellt fest, dass die kleine Pension, die er als ehemaliger Gendarm bekommt, hier oben dringend gebraucht wird. Die Bettwäsche auf der Leine ist abgegriffen, das Gärtchen gibt außer Gelben Rüben, Petersilie und ein paar dünnen Lauchstängeln nichts her, und Fanny kann ihren Gästen nichts als Stierenaugen zum Mittagessen anbieten.

Nach dem Essen eilt Fanny hinaus, sie muss draußen die kostbare Fracht nach Vertrautem untersuchen, und bald kommen auch Rösli und Marie dazu.

„Seht ihr“, sagt Fanny zufrieden, „das ist alles für die Fremdenzimmer. Jetzt bekommen wir doch noch eine Fürstensuite, und irgendwann besucht uns dann vielleicht der Großherzog“, lacht sie halb im Scherz.

„Der Großherzog?“, fragt Rösli erstaunt und Marie macht große Augen.

„Ach was, dummes Zeug!“, sagt sie und schämt sich für ihre großspurigen Gedanken. „Der

Großherzog reist lieber nach St. Blasien. Dem ist es hier doch zu armselig."

Zuerst stehen die Mädchen schüchtern neben der Fuhre. Aber bald durchsuchen sie mit ihr gemeinsam Stück um Stück.

Fanny zieht einen blauen Matrosenanzug aus einem der Koffer.

„Seht mal her, Ihr Maidli, was ich da gefunden habe", ruft sie aus. „Basler Herrenkleidchen vom Albertli. Die werden unserem Männeli gut stehen!"

Beide kommen angesprungen, um das vornehme Kleidungsstück zu begutachten. Sie können es kaum erwarten, bis es dem kleinen Oskar endlich passen wird.

Fanny durchstöbert die Schubladen der Nussbaumkommode nach Johann Peter Hebels »Allemannischen Gedichten« und blättert in dem kleinen Buch. Rösli zieht ein mit Rosen und Veilchen besticktes Band aus einer Schachtel, hält es hoch und wundert sich, jerenei, was die vornehmen Leute nicht alles haben. Aber Fanny reißt es ihr aus der Hand. „Dieses alte Ding da", sagt sie nur und steckt es schnell weg. Rösli und Marie schauen sich verwundert an.

Es habe einmal ein Turnerfest stattgefunden in Basel, erklärt sie, da habe sie diesen Gürtel für einen jungen Mann gestickt, der es dann, dem Himmel sei Dank, doch nicht bekommen habe, lacht sie. Es sei dann eben ein anderer gekommen. Warum sie es dann diesem nicht geschenkt habe und wo er denn jetzt sei, will Rösli wissen, bekommt aber keine Antwort darauf.

Fannys Augen sind auf den Inhalt einer kleinen Schachtel gerichtet, und ihr Herz rast plötzlich, als sie darin ein an sie adressiertes Päckchen entdeckt, das in Karlsruhe abgesandt und über die alte Basler

Adresse an die neue geschickt wurde. Sie öffnet das Päckchen und entdeckt darin den schmalen goldenen Ring, den Friedrich Martini als ihren Verlobungsring getragen hat. Ihre Finger zittern, als sie ihn aus der kleinen Schachtel nimmt.

Jetzt noch spürt sie die Wucht des Schlages, den ihr die Nachricht von seinem Tod versetzt hat. Sie hatte ihn schon längere Zeit nicht mehr gesehen, als das Telegramm aus Karlsruhe in Basel eintraf, und dann hieß es einfach, er sei tot, innerhalb von Stunden an einer Lungenentzündung gestorben, und sie in Basel hatte nichts davon geahnt. Tot. Er würde nie mehr wiederkommen, um sie an ihrem freien Sonntag bei der Großmamme zu einem Spaziergang abzuholen. Er war tot. Es würde keine Hochzeit geben, niemals.

Tränen treten ihr in die Augen. Rasch wendet sie sich ab. Er ist ohne Abschied gegangen und hat ihre Träume mitgenommen, von einem Tag auf den anderen. Zwischen zusammengefaltetem Papier findet sie eine dunkle Locke, ein paar Glückwunschkarten zu ihrer Verlobung und ein paar knappe Zeilen einer seiner Schwestern. Nach all den Jahren spürt sie noch immer die Abneigung darin. Die Schwestern hatten sich für Friedrich, einen angesehenen Architekten, eine vornehmere, wohlhabendere Frau gewünscht, daran haben sie nie Zweifel aufkommen lassen. Sie haben damals dem Toten den Verlobungsring sicher mit Genugtuung vom Finger gelöst, denkt sie und fragt sich, warum sie ihr dies alles nach so langer Zeit noch zugeschickt haben. Vielleicht ist es ihnen beim Umbauen in die Hände gefallen.

Sie lässt das Päckchen in der Schürzentasche verschwinden, beeilt sich, an Rösli und Marie vorbei in die Waschküche zu kommen und sich dort mit kaltem Wasser die Tränen aus dem Gesicht zu waschen. Sie erinnert sich auf einmal, wie sie die Groß-mamme an einem Sonntagabend bei der Hand genommen und ihr gesagt hat, sie solle doch einmal darüber nachdenken, ob sie wirklich zur Ehe tauge. Er sei gewiss ein lieber und feiner Mensch, ihr Friedrich, aber sie frage sich immer, ob es gut sei, wenn die Frau stärker sei als der Mann.

Friedrich ist tot. Sie wird nie mehr heiraten.

„Hier, nehmt, Madame, das beruhigt“, klingt ihr Armand Truffauts Stimme in den Ohren, als sie in ihrem Zimmer die Kommodenschublade aufzieht, um das Päckchen zwischen ihren Kleidern zu verstecken. „Ich weiß nur, da, wo du bist, ist das Leben, ist Wärme“, flüstert seine Stimme, und sie hält auf einmal seinen Schal in ihren Händen, und sie weiß, dass sie so lange an der Welt drehen wird, bis er wieder hier oben vor ihr steht. Dann wird sie für ihn die Wolken beiseite schieben, damit er den Rauch in den Sternenhimmel blasen kann. Sie ist stark, sie wird ihre Träume auf den Feldberg holen.

Manchmal kommt der Waldhüter vorbei, um nachzusehen, ob sie denn auch wirklich noch da sei, und bringt ihr zwei, drei Äpfel mit. Dann spricht sie leise und nur in Ansätzen mit ihm über ihren Traum, den Feldberger Hof zum Nabel der Welt zu machen, lächelt dabei etwas verlegen, und er sieht sie aus seinen tiefen, dunklen Augen ehrfurchtsvoll an und sagt dann immer nur: „Jerenei, Freilein Fanny!“

Er weiß, dass sie gegen den Willen ihres Bruders die Aktionäre des Feldberger Hofs von der Dringlichkeit eines großen neuen Speisesaals überzeugt und die Behörden so stark beeindruckt hat, dass ihr eine Postablage, eine Telegraphenstation und ein Telefon zugesagt wurden, wenn auch der Telegraph selbst noch fehlt. Zum Beginn der Sommerfrische will sie das Mineli von Todtnau, das Fineli von Präg und die Oliv vom Schauinsland einstellen.

Die Sommerfrischler kommen nun nicht mehr nur auf der alten Fahrstraße, die von St. Blasien über Menzenschwand heraufführt. Viele fahren bis ins Höllental und mieten sich in der Posthalde einen Bergführer, denn es gibt im Feldberggebiet kaum Wege, und die Moore um den Gipfel sind tückisch. Die Besteigung des Feldbergs ist ein sportliches Ereignis. Die Zahl der Menschen, die dieses Abenteuer erleben wollen, nimmt zu.

Fanny und Carl räumen ihre Betten und verlangen dies auch von Rösli, Marie und den Knechten. Jeder zusätzliche Verdienst ist lebenswichtig. Entscheidet, ob sie über den Winter kommen werden.

Der Waldhüter führt eine Gruppe junger Engländer zum Feldberger Hof, die sich in ihrem Leichtsinn in dem unwegsamen Gelände vom Titisee herauf verirrt haben und in ein Gewitter geraten sind. Er verbeugt sich auf die ihm so typische Art mit dem Hut in den Händen, bittet mit Verlaub darum, sie möge doch die jungen Herrschaften aufnehmen.

„Waldhüter", sagt sie besorgt, „Ihr seid ja völlig durchnässt!", und nimmt ihm die Jacke ab. Rösli eilt herbei, bringt den Gästen Strohfinken. Fanny trocknet dem Waldhüter und den Gästen die nassen Kleider und bügelt sie, und es spricht sich bald herum, was für eine fürsorgliche Frau Fanny Mayer auf dem Feldberg oben sei und welch guter Geist einem dort entgegenwehe.

Gleich nach dem Auftrieb des Menzenschwander

Gustviehs, der Ochsen und der Pferde kommt auch Madame Brosi mit ihrem Gustävli auf den Feldberger Hof, um, hä gell au, hä aber au, dieses neumodische Telefon zu besichtigen.

„Hä, das kostet doch sicher ein Heidengeld", rechnet sie Fanny vor und überlegt dabei, ob sie, hä gell au, hä aber au, den mitgebrachten Schunken lieber im Gepäck lassen soll, gibt ihn ihr aber doch. Die Männer sollen ja jetzt etwas Anständiges zum Essen haben, hä gell au, das Zählen des Viehs ist eine kraftraubende Arbeit. Nichts entgeht ihr, und es kommt Fanny vor, als habe man ihr den Winter über jeden Winkel hier oben beschrieben.

„Soso", stellt sie gleich fest, „einen Hund habt Ihr jetzt auch noch, das hat mir ja gar keiner gesagt, den hattet Ihr aber letzten Sommer noch nicht", und deutet mit dem Kinn zum Bernhardiner. Oliv, die gerade einen Korb mit Wäsche von der Bleiche im Garten hinter dem Hof geholt hat, meint im Vorübergehen: „Jaja, einen Hund braucht man schon hier oben. Man weiß ja nie, wer alles vorbeikommt."

Eines Tages steht der Noldi vor der Tür mit einem großen Lederkoffer.

„Grüß Gott, Fräulein Mayer", grüßt er lebhaft, „ich bin der Telegraph und melde mich gehorsamst zum Dienst."

Fanny muss bei seinem Anblick unwillkürlich schmunzeln. Er hat pfiffige Augen, einen dicken Schnurrbart und Witz, stülpt sich gleich die blauen Ärmelschoner über und geht unverzüglich an die Arbeit.

Noldi ist ein gewissenhafter, freundlicher Telegraph. Er plaudert mit den Gästen, lässt sie Ansichtskarten verschicken, Telegramme aufgeben und ruft Gäste zum Telefon, dessen Klingeln immer alle außer Noldi vor Achtung erschaudern lässt.

Sobald der Gritsch oder der Dörflinger Ignaz von Menzenschwand mit der Post eintrifft, gibt er sich amtlich, sortiert die Umschläge und Karten und übergibt dann zuerst seiner Herrrschaft die Post.

Dieses Mal bringt er Fanny die an sie adressierten Briefe in den Garten hinaus. Einer fällt ihr auf den Boden. Noldi will sich danach bücken, aber Fanny hat ihn schon wieder aufgehoben. Sie hat einen Blick darauf geworfen und gesehen, dass er in Baden-Baden abgestempelt worden ist. Der Absender ist Armand Truffaut.

Er hat sie also nicht vergessen, stellt sie mit Herzklopfen fest und sieht in diesem Augenblick Dr. Thoma, den Vorsitzenden des Schwarzwaldvereins, auf sich zukommen.

„Grüß Gott, Herr Hofrat“, ruft sie freundlich und lässt den Brief schnell in ihrer Schürzentasche verschwinden. „Was verschafft uns diese Ehre! Ihr seid wohl gekommen, um Euch zu vergewissern, dass Euer Weg vom Feldsee herauf noch besteht“, lacht sie und streckt Dr. Thoma die Hand entgegen. „Aber keine Sorge, Herr Hofrat“, fährt sie fort, „wir hegen und pflegen ihn. Schließlich soll er ja recht viele Besucher zu uns heraufführen.“

Er ist etwas außer Atem, der Hofrat, doch er begrüßt sie mit einem hingebungsvollen Handkuss.

„Daran zweifle ich nicht“, bekundet er atemlos. „Das ist nicht der Anlass meines Besuchs. Vielmehr interessiert mich, wie Euer Befinden ist, Teuerste. Ich hätte nämlich Lust auf eine Partie Zego mit Euch, Fräulein Fanny!“

„Aber Herr Hofrat“, lacht sie, „das wär mir eine rechte Wirtin, die schon am Vormittag Zego spielt und ihre Maidli arbeiten lässt.“

„Ich hätte da noch etwas, Teuerste", sagt der Hofrat auf einmal sehr geschäftig. „Ich trage mich nämlich mit dem Gedanken, so genannte Monatsblätter herauszubringen. Und da soll doch auch der Feldberg nicht drin fehlen, jetzt, wo wir anfangen, Wege zu Euch herauf anzulegen, gell! Da muss man doch den Leuten mitteilen, dass sie hier oben auf dem Feldberger Hof eine exzellente Küche erwartet mit französischer Raffinesse, gell, da werdet Ihr doch zustimmen, Teuerste, und dabei denke ich besonders an Eure exquisiten Soßen oder wie Ihr neulich diesen Hasen zubereitet habt, einfach köstlich."

Fanny freut sich, als sie sieht, wie ihm das Wasser im Mund zusammenläuft. In Freiburger Kreisen spricht man also schon von ihren Kochkünsten, stellt sie fest. Sie hakt sich stolz bei ihm unter, um ihn zur Haustür hin zu bewegen.

„Jerenei, Herr Hofrat, Monatsblätter!", sagt sie mit Bewunderung in der Stimme. „Ihr seid ein richtiger Pionier."

„Und Ihr seid eine Schmeichlerin, Teuerste", antwortet er schmunzelnd.

Armand Truffaut lässt sie wissen, dass er für eine Weile in einem Hotel in Baden-Baden kocht. Er wird vermutlich im Spätsommer für ein paar Tage in St. Blasien weilen. Wenn es Zeit und Wetter zulassen, so schreibt er, wird er nachsehen müssen, ob sie es auf dem Feldberg noch aushalte.

»Dame de mes pensées« nennt er sie. Sie sei diejenige, an die er immerzu denke. Sie legt den Brief zu seinem Schal in die Kommode.

Der Geburtstag des Großherzogs ist am 9. September, das weiß ganz Baden. Zu diesem Anlass gibt Seine Königliche Hoheit, der Großherzog, immer ein fulminantes Essen. Vielleicht wird er dieses

Mal in St. Blasien feiern, denkt sie, vielleicht wird Armand Truffaut für ihn kochen.

Er hat ihr ein handgeschriebenes Rezept für eine Apfel-Crème beigefügt, die aus gedämpften Äpfeln, Zucker, dem Schnee von sieben Eiern, abgeriebener Zitronenschale und Weißwein besteht und mit Biskuit und kleinen Makronen garniert wird. Lauter Kostbarkeiten, von denen sie hier auf dem Feldberg nur träumen kann. Bei einem ihrer seltenen Besuche in Freiburg hat sie in einer Konditorei Meringuen gesehen, die sage und schreibe zwölf Pfennige kosteten! Die Wäscherin aus dem Oberen Wiesental, die sie den Sommer über für den Waschtag am Montag und Dienstag eingestellt hat, bekommt pro Tag eine Mark zwanzig.

Bis zum Spätsommer, rechnet Fanny, wenn Armand Truffaut vielleicht auf den Feldberg käme, würde sie die jämmerlich dünnen und zusammengeflickten Bettdecken ausgetauscht haben. Kapferers am Freiburger Münsterplatz, bei denen ihre Mutter schon eingekauft hat, legen ihr von Zeit zu Zeit nicht mehr genutzte Stoffproben beiseite. Aus diesen kleinen Quadraten von blumigen Cretonnes und Wolldamasten hat sie schon begonnen, die ersten Steppdecken zu nähen, die sie mit Verpackungswatte ausstopft.

In der Vorfreude auf seinen Besuch wird sie jetzt jeden Morgen lieber aufstehen. Und bis zum Spätsommer wird sie ihm und Carl beweisen, dass sie dieses Mal über den Winter kommen werden ohne zu hungern.

Die ersten Herbststürme sind schon über den Feldberg hinweggefegt. Noldi hat die Koffer gepackt. Seine Dienste werden den Winter über hier nicht gebraucht, die Telegraphenleitungen werden abgehängt. Post kommt jetzt nur noch spärlich, alle paar Tage, wenn das Wetter es zulässt. Fanny hat genug Geld übrig, um sich im Menzenschwander Vorderdorf mit Lebensmitteln für den langen Winter einzudecken.

Carl denkt laut darüber nach, ob sie die Schafe nicht noch vor der Schur verkaufen sollen, weil ein Durchfüttern den Winter über nicht möglich sei. Das Geld, das die Schafhaltung einbringt, reicht gerade aus, um den Hütebuben zu bezahlen, und der ist so unzuverlässig, dass sie am Abend oft noch die Schafe suchen müssen.

Der Waldhüter schaut vorbei, sitzt eine Zeit lang schweigend bei ihr am Tisch und gesteht ihr schließlich, dass er den Sommer über zweimal auf den Lindenberg gepilgert sei, um dort einen Rosenkranz für das Kind und für sie zu beten.

Der Sommer ist vorüber, aber die Sonne kommt noch einmal und beschert dem Feldberg eine atemberaubende Fernsicht über das Hochrheintal hinüber auf die Kette der gewaltigen Schweizer Schneeberge. Der bogenartige Abfall der Alpenkette vom Mont Blanc bis zur Zugspitze lässt die Erdkrümmung deutlich werden. Strahlend ragen der Glärnisch, der Uri-Rotstock und die Eisriesen des Berner Oberlandes in den dunkelblauen Herbsthimmel. Über dem Belchen und dem Schauinsland und der im Dunst des Rheins liegenden Oberrheinischen Tiefebene zeigen sich der Vogesenkamm, der Kaiserstuhl und das Straßburger Münster. Am östlichen Horizont geben sich die Baar, die Schwäbische Alb und die Hegauberge zu erkennen. Fanny denkt an Armand Truffauts Worte, dass er dem Himmel noch nie so nah gewesen sei.

Carl hat die Schafe zu einem guten Preis nach Menzenschwand verkauft. Bevor der Maier Remigius und der Baur Benedikt mit der Herde vom Feldberg hinunterziehen, trinken sie mit Carl und Fanny auf das Geschäft. Sie plaudern noch dies und das, und der Baur Benedikt erzählt, dass es bei der Geburtstagsfeier des Großherzogs in St. Blasien anscheinend hoch hergegangen sei.

Fanny stellt ihre Fragen geschickt, legt den Männern unbemerkt Schlingen aus, erfährt aber nicht mehr, als dass ein französischer Koch mit von der Partie gewesen sei. Der soll dem Großherzog eine Torte gewidmet haben und nebenbei dem Wein und den Frauen nicht abgeneigt gewesen sein.

Die Weibervölker, meint der Maier Remigius, ließen sich leicht den Kopf verdrehen, wenn einer ein bisschen schöntun und gefällig reden könne. Unsereiner habe ja dieses Talent nicht, sich bei den Weibervölkern einzuschleichen, aber die Franzosen halt, die halt schon. Die brächten es mit auf die Welt, das Caressieren.

Der Spätsommer ist längst vorbei. Seit ein paar Tagen ist es grau und kalt, und die Fallwinde künden sich an. Beißender Rauch liegt in der Luft. Da klopft es an der Tür des Feldberger Hofs.

Als Fanny öffnet, steht ein kräftiger Mann mittleren Alters mit Stirnglatze vor ihr. Er wartet nicht ab, von ihr hereingebeten zu werden. Er steht schon mitten im Flur, ist gut gelaunt und stellt sich als Otto Hüglin vor, der Otto Hüglin aus St. Blasien. Er spricht rheinländischen Dialekt. Man sei gewissermaßen Kollegen, erklärt er, er sei vom Fach, Hotelier, wie sie vielleicht wisse. Ob sie ihm einen Kaffee anbieten dürfe, fragt sie zurückhaltend und ruft ihren Bruder herbei.

Die beiden sind einander offenbar nicht fremd. Es stellt sich heraus, dass sie sich schon in Bernau und Menzenschwand begegnet sind. Zuletzt haben sie sich am Laurenzimarkt gesehen und Carl hat Otto Hüglin auf den Feldberger Hof eingeladen. Wenn es ihm die Zeit einmal erlaube. Sie trinken Kaffee und Kirschwasser, unterhalten sich, blasen weltmännisch den Rauch Schweizer Zigarren an die Decke und sprechen davon, dass der Sommer überraschend viele Übernachtungen gebracht habe. Diesem Winter könne man weniger besorgt entgegensehen als dem letzten, gibt Carl erleichtert zu.

„Ihr seid also diese leidenschaftliche Zegospielerin, Frau Wirtin", sagt Hüglin auf einmal zu Fanny und erzählt, dass man hinter vorgehaltener Hand im ganzen Umkreis von ihr behaupte, sie zöge hier oben beim Zegospiel die Männer über den Tisch.

Sie lacht und fordert ihn zum Spiel heraus.

„Ihr wisst, dass dieses Spiel schon manchen um Kopf und Kragen gebracht hat", warnt sie ihn, während sie die Karten verteilt und dabei sein Gesicht studiert. Er hat ein stark ausgeprägtes, langes, breites Kinn, fast holzig, wie sie meint, und sie sieht einen schlechten Verlierer darin. Dabei strahlt diese rheinländische Natur eine Fröhlichkeit aus und eine Zuversicht, die hierzulande schon Misstrauen erwecken müssen.

„Ihr wisst, dass Zego das badische Nationalkartenspiel ist?", fragt sie.

Zegospielen sei das Erste gewesen, berichtet er, das er im Schwarzwald gelernt habe. Demzufolge musste er oft an Stammtischen und in Bauernstuben anzutreffen sein und das Vertrauen der Schwarzwälder besitzen, reimt sie sich zurecht.

„Dann wisst Ihr bestimmt auch, dass sich in diesem Spiel die badische Seele widerspiegelt", fährt sie fort und wartet, dass er wissen will, was sie damit meine, aber er sieht sie stumm an.

„Zego kommt von ›Caesus, der Blinde‹“, klärt sie ihn auf, „weil man mit verdecktem Blatt spielt. Weil sich die Badener nie in die Seele schauen lassen“, ergänzt sie. „Aber das wird ein Mann wie Ihr schon wissen.“

Hüglin sagt nichts.

„Hört Ihr, wie liebevoll diese Namen klingen – Mond oder Mund?“, fragt sie, als sie diese Karte auf den Tisch legt. „Das kommt von Mundus, die Welt. Und hier: Kleiner Mann. Babberle“, zählt sie weiter auf und legt ihm verheißungsvoll die höchste Karte auf den Tisch. „Gstieß“, sagt sie energisch. „Gstieß kommt aus dem Französischen und bedeutet Excusez, was wiederum Verzeihung heißt. Seht Ihr, Herr Hüglin, so sind wir halt, wir Badener. Wir entschuldigen uns noch, wenn wir gewinnen.“

Eine Weile ist es still am Tisch. Carl sitzt verlegen neben ihr. Er beobachtet sie von der Seite.

„So, meine Herren“, sagt sie dann, um die Stimmung wieder zu heben. „Fangen wir an. Nur nicht zu zaghaft, um wie viel geht’s? Ich habe Euch gewarnt.“

Sie spielen, lachen und trinken, und schon bald kündigt Otto Hüglin aus St. Blasien an, seine Frau auf den Feldberg mitbringen zu wollen. Man würde essen, spielen und fachsimpeln, und irgendwie hilft dieser Gedanke Fanny über ihre Traurigkeit und die Leere dieses trüben Herbstes hinweg.

Es ist wieder Allerheiligen geworden.

Carl macht sich schon früh am Morgen auf den Weg zu Verones Grab in Menzenschwand. Fanny bleibt zu Hause. Es wären in diesem Jahr genügend

Mädchen da, die sich um den kleinen Oskar kümmern könnten, aber ihr ist seltsam zumute an diesem Tag, und Marie meint immer, ein Klopfen an der Tür gehört zu haben.

Fanny steht in der Stube am Fenster. Draußen heult der Wind ums Haus. Die Zeit will nicht vergehen.

Spät am Nachmittag kommt Carl zurück. Er sieht bedrückt aus. Er hustet und hat Mühe, seine Botschaft loszuwerden.

„Fanny", bringt er schließlich heraus, „es ist alles aus, wir können unsere Koffer packen."

Sein Mantel riecht nach kalter Luft und Nebel, und seine Finger sind von der Kälte fast unbeweglich, als er sich mit ihr auf die Treppe im halbdunklen Flur setzt.

Fanny fühlt sich wie von einem Augenblick zum anderen in den Boden gestampft und bekommt nur mit Mühe die schlechte Nachricht aus ihm heraus. Der Menzenschwander Bürgermeister hat ihn also nach dem Gräberbesuch zur Seite genommen und ihm anvertraut, dass der Otto Hüglin aus St. Blasien von der Gemeinde Menzenschwand ein zehn Morgen großes Weideland kaufen wolle, das unmittelbar an den Feldberger Hof angrenzt. Er versuche auch, für alle Menzenschwander Grundstücke am Feldberg das Vorkaufsrecht zu erlangen und räume der Gemeinde lockende Vorrechte ein. Für das Vorhaben sei eigens eine finanzstarke Gesellschaft gegründet worden.

„Wer sich mit Hunden einlässt, darf sich über Flöhe nicht wundern", sagt Fanny trocken. Aber wer hätte gedacht, dass diese rheinische Frohnatur ihnen so schnell gefährlich werden könnte.

Niedergeschlagen sitzen sie auf der Treppe und frieren. Erst als der Vater aus dem Stall zurück kommt und sich wundert, fangen sie sich wieder, gehen mit ihm in die Küche, setzen sich an den Tisch und erzählen ihm das Unglück.

Carl soll mit Menzenschwand verhandeln, schlägt Fanny vor, damit man zumindest den Winter über noch würde bleiben können. Die Bauarbeiten für das Hotel, das der Hüglin plant, könnten ja erst nach der Schneeschmelze beginnen.

Fanny holt die Kirschwasserflasche hinter der Weihwasserflasche hervor, stellt Gläser auf den Tisch und spürt, wie sie jeder Schluck von innen wärmt und ihr wieder Leben zurückgibt. Sie denkt an Escoffier und an sein Restaurant, die erste Adresse in Paris, das »Faisant Dure« genannt, weil es harte Arbeit war, es aufzubauen.

„Wir sollten den Hof kaufen können", sagt sie, als sie das Glas abstellt, und sie meint es ernst, erntet aber nur mitleidige Blicke. „Die Pacht ist verlorenes Geld. Ich wollte ohnehin nicht mein ganzes Leben lang für andere Leute arbeiten."

Der Vater nickt. Er hat schon geahnt, dass seine Tochter irgendwann mit dieser Überlegung aufwarten würde. Er kennt sie und hat sich nicht getäuscht. Es ist ihm und Fanny nicht entgangen, dass manche von den jungen Frauen, die hier den Sommer über eingekehrt sind, Carl schöne Augen gemacht haben. Vielleicht würde ihm bald der Gedanke kommen, wieder zu heiraten. Dann wäre alles umsonst, was sie bisher hier oben aufgebaut hat.

Daran denkt auch Fanny. Wenn sie sich vorstellt, dass der kleine Oskar dann einer Stiefmutter ausgesetzt wäre, zerreißt es ihr das Herz. Er ist so zart, so still. Sie muss sich den Platz an seiner Seite sichern. Und dieser Platz ist der Feldberger Hof.

„Wir müssen kaufen", sagt sie entschieden, „alles, den Hof und das Land."

Dabei weiß sie natürlich, dass den Menzenschwandern Hüglins Angebot verlockend in den Ohren klingen muss. Er spekuliert mit dem baldigen Bau der Höllentalbahn. Sie wird die Gäste zum Titisee bringen, die er dann in seinem Grand Hotel auf dem Feldberg unterbringen wird. Solch ein Plan kann den Menzenschwandern nur gefallen. Ihre Geschäftsverbindungen zur Schweiz haben sie welterfahren gemacht. Sie sind Uhrmacher, Schachtelmacher wie der Waldhüter Valentin Maier, Landschaftsmaler, Dekorationsmaler, Uhrenschildmaler, Kupferstecher, Glasträger und natürlich Schnefler und Schnitzer. Sie sind darauf angewiesen, ihre Künste im Land zu verkaufen. Manche sind dabei geldgierig und hartherzig geworden.

Die Menzenschwander sind nicht nur durch ihre engen wirtschaftlichen Beziehungen mit der Schweiz zu Geld und Ehre gekommen. Aus ihrer Mitte stammen die Fürstenmaler Winterhalter, von denen Franz Xaver Großherzoglicher Hofmaler war. Verwandtschaftliche Bande bestehen auch zu dem viel versprechenden Maler Hans Thoma aus dem benachbarten Bernau, den der Großherzog ebenfalls zu sich nach Karlsruhe geholt hat.

Fanny hat nicht alles Geld verbraucht, das sie auf der Basler Bank zusammengespart hat. Sie rechnet Carl vor, dass sie bis in ein, zwei Jahren die Summe für den Kauf des Feldberger Hofs aufbringen könnten, wenn er das Geld, das er von Verones Mutter nachträglich geerbt hat, mit einbringen würde.

Sie wisse doch genau, wie krank er sei, hält er ihr vor, und vor allem habe sie bei ihrer Rechnung den Winter vergessen. Sie müsse von allen guten Geistern verlassen sein und größenwahnsinnig. Sie habe sich letztes Jahr von diesem Franzosen schon Hirngespinste eingeben lassen, und wer könne zudem schon garantieren, ob der nicht auch hinter Hüglins Plan stecke. Die Hand würde er dafür jedenfalls nicht ins Feuer legen.

Fanny spürt die Hoffnungslosigkeit in Carls Worten und schweigt. Spätestens nach dem Winter würden sie hier alles zurücklassen müssen bis auf ihre Koffer und die Möbel, die sie aus Basel mitgebracht hat.

Sie sieht nach Oskar, der unruhig schläft, nimmt ihn zu sich ins Bett. Sie wird sich von ihm trennen müssen, vielleicht schon bald. Vielleicht wird er später einmal alles verstehen, denkt sie. Sie wird ihm sagen, dass sie ihre ganze Kraft und ihr ganzes Denken in seine Zukunft setzen wollte, dass aber das Leben seine Versprechen nicht halte.

Ihre Bitte, mit dem Verkauf an Hüglin zu warten, bis sie das Geld zusammen hätten, kommt ihr jetzt selbst lächerlich vor. Ihr Gott sei stark, hat sie in Basel immer behauptet, wer mit ihm reden wolle, müsse selbst stark sein. Ihr kommt in den Sinn, dass der Waldhüter im Sommer auf den Lindenberg gepilgert ist und dort für das Kind und sie den Rosenkranz gebetet hat. Man solle nie etwas in den Rhein werfen, hört sie die Großmamme im Blauen Salon sagen, und sie denkt dabei an ihre Träume.

Seit Carl die schlechte Nachricht aus Menzenschwand mitgebracht hat, wird kaum mehr ein Wort geredet. Die Mädchen sind froh, dass sie sich mit dem Nähen von Steppdecken und Strohfinken beschäftigen können. Im Schein der Petroleumlampen arbeiten sie bis tief in die Nacht hinein. Fanny zieht sich dann jedes Mal das Herz zusammen. Sie werden diese Steppdecken und die Strohfinken nicht mehr benötigen.

Jeder Tag kann das Ende bedeuten. Jeden Tag kann der Dörflinger Ignaz oder vielleicht sogar der Bürgermeister persönlich diesen Brief vorbeibringen, der ihr Schicksal besiegelt, und sie und das Kind, den Vater und den Bruder, die Mädchen und den Knecht in alle Winde zerstreuen wird.

So vergehen die Tage, Wochen.

Sie wartet.

Ob sie flickt, das Kind versorgt, beim Melken aushilft, den Boden scheuert oder Knöpfe annäht, sie wartet. Sie wartet auf diesen Brief aus Menzenschwand, sie wartet auf eine Nachricht von Armand Truffaut, und sie wartet sogar auf den Schnee, der alles einander gleichmachen, sie einschließen, das Elend verdecken, sie begraben soll, damit sie wenigstens den Winter über noch beieinander bleiben können.

Nicht einmal der Schnee kommt.

Sie streitet tagelang mit Carl, redet so lange auf ihn ein, bis er bereit ist, nach Menzenschwand zu gehen und in Erfahrung zu bringen, wie die Dinge stehen. Carl soll im Gegenzug ein neues Baugesuch vorlegen. Wenn sich der Ansturm des vergangenen Sommers im nächsten Sommer wiederholt, sind sie ihm nicht gewachsen.

Auf dem Menzenschwander Rathaus erfährt Carl, dass der Bau der Höllentalbahn zwar beschlossene Sache sei, sich aber verzögere, weil von den an der Höllentalbahn interessierten Kreisen nicht nur die kostenlose Abgabe des Geländes, sondern auch ein Barbetrag von 200 000 Mark gefordert würden. Ein riesiges Grand Hotel auf dem Feldberg wird aber ohne die Höllentalbahn niemals ausgelastet sein.

Hüglin plane nun eine Zahnradbahn direkt von Freiburg über den Schauinsland auf den Feldberg ins Menzenschwander Tal nach St. Blasien, heißt es. Dabei können Jahre vergehen.

„Seine Durchlaucht, der Fürst, wird so weitsichtig sein und die Bahn bezuschussen", sagt Fanny, als Carl ihr die Neuigkeiten erzählt. „Er weiß, dass sie für die Schwarzwälder lebenswichtig ist."

Sie wird die Hände jedenfalls nicht in den Schoß legen. Aufgeben ist nicht ihre Sache. Carl behandelt sie schon wie eine Verrückte.

„Wir haben aber doch gar keine andere Wahl", erklärt sie ihm immer wieder. „Willst du deinem Kind eines Tages sagen: Es tut mir Leid, aber deine Mutter ist gestorben, und dann kam auch noch der Hüglin. Überlege es dir genau, Carl, was du ihm einmal sagen willst!"

Sie wird so weiterleben, als habe sie nie etwas von einem Hüglin gehört. Sie kocht Tag für Tag gedörrte Bohnen und gedörrte Apfelschnitze und legt, der Sparsamkeit zum Trotz, noch ein Stück Speck in den Kochtopf. Die letzten Apfelschnitze hat sie aus Armand Truffauts Hand gegessen.

In den langen Winternächten gehen ihre Träume ihm nach in die Touraine, den Garten Frankreichs, nach Paris, nach Baden-Baden, von wo jetzt jeden Tag ein Schnellzug nach Paris fährt. Wo die noble Welt in Pelz gehüllt in den Caféhäusern sitzt und über die jüngsten Theaterpremieren debattiert, und wo Europas Hochadel auf der Lichtentaler Allee flaniert. Sie hört seine Stimme, wenn der Wind um den Feldberger Hof heult, hört ihn rufen »ma déchirure«.

Sie sieht ihn gedankenverloren an einer Zigarette ziehen und in den trostlosen Schneehimmel starren. Dieses Bild hat sich in ihr Gedächtnis hineingezeichnet, verbindet sich mit dem Schnee, der nun wieder endlos vom Himmel herunterfällt.

Als der letzte Schnee taut, ist Hüglins Zahnradbahn noch nicht genehmigt, der Feldberger Hof und das angrenzende Gelände noch nicht verkauft. Carl und Fanny Mayer sind für den bevorstehenden Sommer gerüstet.

Sie haben ein Pferd und ein Chaisewägeli gekauft. Fanny bezeichnet es hinter vorgehaltener Hand als »Hämorrhoiden-Wägeli« und legt immer einen dicken Teppich und ein Kissen auf den Kutscherbock, wenn sie einsteigt.

Sie werden nun des Öfteren nach Freiburg fahren können, um Einkäufe zu tätigen oder Gäste abzuholen. Der Vater, der seine Jugendzeit als Knecht auf dem Zipfelhof im Bärental verbracht hat, weiß seit seiner Zeit im Großherzoglichen Regiment mit Pferden umzugehen und trägt sich mit dem Gedanken, die Kohle des letzten Kohlenmeilers auf dem Feldberg im ganzen Gebiet auszufahren und damit für einen Sparpfennig zu sorgen.

3

„Alfredo macht die besten Nudeln der Welt, Signora, und seine Wildschweinsauce ist ein Gedicht", schwärmt Manzoni.

„Tagliatelle, Signora, si si", bestätigt Alfredo.

Er sieht nicht unbedingt so aus, wie Fanny sich einen guten und erfahrenen Koch vorstellt. Sie hat eigentlich gedacht, man müsse das Können eines Kochs an dessen Bauchumfang messen, und sie weiß nicht so recht. Aber Alfredo ist der Neffe des Steinhauers Manzoni, und irgendwie ist ihr dies Garantie genug.

Frederico Manzoni ist das, was sie unter einem gestandenen Mann versteht und mit der Ibacherin Kunigunde Wunderle verheiratet. Er ist ein Künstler und der Urheber der granitenen Brunnentröge, aus denen das Vieh auf dem Heimweg zum Stall trinkt. Er hat auch den Brunnen vor dem Feldberger Hof gebaut. Wenn seine an Granit und Marmor gewöhnten Hände andächtig ihre Soße vom Teller tunken und dabei gleichzeitig in der Luft gestikulieren, um ihre Kochkunst zu rühmen und zu preisen, erinnert sich Fanny an Truffauts Worte, dass gute Küche da gedeihe, wo auch das Gespräch blühe.

Manzoni ist immer zuversichtlich und strahlt eine heitere Gelassenheit aus, die sie an ihren ersten unverhofften Wintergast erinnert. Er ist mit den italienischen Arbeiterkolonnen über die Alpen gekommen, die die Verbindungsstraßen und Brücken über den Schwarzwald bauten, wobei manchmal bis zu dreihundert Zentner schwere Blöcke mit sechsundzwanzig Ochsen als Vorspann transportiert wurden.

Sein Neffe Alfredo stammt aus Florenz und spricht nur gebrochen Deutsch. Er verfolgt die Verhandlungen zwischen der schönen Signora und dem Onkel schüchtern. Fanny ist einverstanden, sie will es mit ihm versuchen. Nun hat sie also einen Koch.

Alfredo hat den Süden in den Augen und Unfug im Kopf. Die Mädchen necken ihn, tuscheln, halten ihn zum Narren, kichern, wenn er ihnen von Zitronen erzählt, und genießen es, permesso, dass er in die Rolle des Hahns im Hühnerhof schlüpft. Scusi, er hat Probleme mit der deutschen Sprache, hat nie etwas anderes gehört als das in Menzenschwand gesprochene Alemannisch, in dem man jeden, der gebrochen Deutsch spricht, duzt. Weil er die Sprache nicht versteht, meinen die Leute hier, er verstünde auch den Sachverhalt nicht, und beenden deshalb ihre Erklärungen mit einem eindringlichen »weisch«, weißt du.

Dieses Wort war das Erste, das Alfredo aufgeschnappt hat. Er hat es aus der deutschen Sprache bestimmt ebenso häufig herausgehört, wie die Schwarzwälder im Italienischen das Wort »cinque« zu hören glauben und deshalb die Italiener »Tschinken« nennen. Alfredo hat es sich jedenfalls angewöhnt, jeden Versuch eines Satzes mit »weisch« zu beenden. Dazu redet er mit Händen und Füßen und treibt die Mädchen zum heiteren Arbeiten an. Sie lachen, wenn er nur schon den Mund auftut, denn sie haben noch nie einen Italiener reden hören. Alfredo wirkt auch auf Fanny belebend. Die Zeit der Aushilfsköche, die sie ständig anleiten musste, ist vorüber, und irgendwie hat sie seit ein paar Tagen das Gefühl, der Feldberger Hof sei schon ein klein wenig zum Nabel der Welt geworden. Die Großmamme Gemuseus wäre sicher stolz auf sie und würde sie mit »so isch rächt, Kind« loben. Und ihre Mutter selig würde die Hände über dem Kopf zusammenschlagen und »jerenei, Maidli« rufen.

Alfredo rühmt Fannys Küche, sucht auf den Feldbergweiden nach Kräutern und lässt über seine Menzenschwander Verbindungen hin und wieder für sie und die Mädchen Makronen aus Italien kommen.

In den Gaststuben zwischen Freiburg, Waldshut und Basel erzählt man sich, dass Hüglins Plan zum Bau einer Zahnradbahn zum Feldberg gescheitert sei und er nun einen Hotelkomplex in Menzenschwand errichten wolle.

Sie sei ein furchtbares Weibervolk hat Carl zu Fanny gesagt, eigensinnig, bocksbeinig und unberechenbar, und dann haben sie sich am 1. Mai 1885 mit dem Vater und dem kleinen Oskar und 21 000 Mark im Chaisewägeli auf den Weg nach Menzenschwand gemacht, um dort den Kaufvertrag zu unterzeichnen. Der Feldberger Hof gehört jetzt zur Hälfte Carl und zur Hälfte ihr.

Der April ist Fanny seit ihrer Kindheit immer der liebste Monat, weil in ihn ihr Geburtstag fällt mit all den damit zusammenhängenden, wenn auch bescheidenen Feierlichkeiten. Sie haben immer damit begonnen, dass ihr Vater von der schweren Geburt der beiden Zwillingsmädchen an jenem frühen Morgen des 9. April 1851 und der anschließenden Taufe am Nachmittag nebenan in der Kirche St. Martin erzählte. Und sie endeten damit, dass Fanny in das gegenüberliegende Gasthaus »Zur Wolfshöhle« geschickt wurde, um einen Krug Gutedel zu holen.

Fanny ist die Erstgeborene und soll nur ein Häufchen Elend gewesen sein, wie der Vater immer erzählt. Rosa ist eine halbe Stunde jünger und habe rosig und viel versprechend ausgesehen. Im Lauf der ersten Lebensjahre kehrte sich das um: Fanny entwickelte sich prächtig und Rosa wurde kränklich, zart und blass. Fanny wurde täglich von der Mutter ermahnt, auf Rosa Acht zu geben und sie beim Spielen draußen zu beschützen.

Vor ein paar Wochen ist Rosa auch auf den Feldberg gekommen, um zu bleiben. Nun ist die Familie wieder vereint, und an manchem Abend sitzen die Schwestern beisammen und erzählen von früher.

Einmal, so erinnert sich Fanny, sei ein Stadtrat an der Münsterbauhütte vorbeigekommen, habe sie und Rosa beim Veilchenpflücken gesehen und gefragt, ob sie denn die Zwillinge vom Gendarm Mayer seien.

Fanny wirft einen Blick zu Rosa und zwinkert ihr zu, ehe sie weiter erzählt. Ja, habe sie gesagt, aber die da ist ein Vierteljahr jünger als ich.

Sie lacht. Rosa lacht mit.

Heute ist der sechsunddreißigste Geburtstag von Fanny und Rosa, und Carl ist am Tag zuvor mit dem Chaisenwägeli nach Freiburg hinuntergefahren, um dort einen Veilchenstrauß zu besorgen. Die Mädchen haben den beiden den Frühstückstisch gedeckt, es gibt Honigbrot und Mokka, und die Sonne scheint schon den ganzen Morgen durch die Fenster.

„Gästewetter", stellt Fanny fest.

Und tatsächlich wird es um Mittag lebhaft in der Gaststube. Auf den von der Schneeschmelze aufgeweichten Wegen haben sich Fannys Freundin Luise Dumont aus Freiburg, der Prälat, Intendant Lindemann, der Raimartibauer und der Hofrat auf den Feldberg hinauf gewagt. Der Hofrat und der Intendant lamentieren, dass Freiburg bald sein blaues

Wunder erleben dürfte mit den neuerdings Rad fahrenden Weibervölkern.

„Fehlt nur noch, dass sie Männerkleidung tragen und studieren", fügt er hinzu, und Fanny rät ihm halb im Scherz, sich bald auf Frauen einzustellen, die ihren Rucksack selber auf die Berge hinauf trügen. Aber, fügt sie lachend hinzu, die meisten Frauen trügen ja nicht nur ihr eigenes Rucksäckle, und sieht Carl von der Seite an.

Sie plant, im Sommer den Feldberger Hof gegen Süden ausbauen zu lassen, neue Zimmer dazuzugewinnen und ein neues Wirtschaftsgebäude zu erstellen.

Die Zeit läuft. Oskar ist dem von Albert Mylius geerbten Matrosenanzug schon wieder entwachsen. Wenn er ihn anhatte, haben Gäste Fanny gefragt, wem denn das schöne Herrenbüble da gehöre, und sie hat stolz geantwortet, dass es ihres sei, und ihm dabei über den Kopf gestrichen.

Im letzten November ist aus Bernau die Nachricht gekommen, dass Fridolin Bregger, Verones Vater, gestorben sei. Aus Verones Verwandtschaft ist er derjenige gewesen, den Fanny am meisten schätzte. Sie behauptet, mit seinen feinen Gesichtszügen und seinem stillen Wesen käme Oskar, ihr Männi, auf ihn heraus. Sie wird Fridolin Breggers Besuche und seinen aus Heidelbeeren vom Spießhorn hergestellten Wein vermissen. Nie wird sie vergessen, wie er an jenem unglückseligen Februartag 1881 fassungslos neben seiner toten Tochter stand. Seine verzweifelte Stimme klingt ihr jetzt noch in den Ohren. „Da liegst du, Verone, da liegst du", war das Einzige, was er von sich gab, und jetzt liegt er selber schon auf dem Friedhof. Fanny konnte nicht nach Bernau-Innerlehen zu seiner Beerdigung, aber Carl hat ihr erzählt, wie sich am Grab auf einmal ein lautes Wehklagen erhoben habe. Verones Schwager Ferdi habe ihn am Ärmel gezupft und ihm zugeflüstert: „Heul schon, Carl, du musst heulen!“

Noldi überschlägt sich vor Aufregung. Mit einem Telegramm in der Hand rennt er vom Esszimmer ins Büro, vom Keller in die Waschküche und in den Stall, und sieht dann endlich Fanny bei Männi und den Mädchen im Garten stehen. Er fuchtelt schon von weitem mit diesem Stück Papier in der Luft herum und ruft immer wieder: „Jeremareie, Fräulein Fanny! Jerenei! Der Großherzog, der Großherzog!“

Seine Königliche Hoheit, Großherzog Friedrich I., lässt Carl und Fanny Mayer höflichst mitteilen, dass er und seine Gemahlin, Ihre Königliche Hoheit, Großherzogin Luise, aus Anlass der öffentlichen Einweihung der Höllentalbahn am 23. Mai dem Feldberg einen Besuch abstatten und sie bei dieser Gelegenheit beehren würden.

Fanny spürt ein seltsames Herzstolpern.

Avanti, avanti, Alfredo soll sofort zu ihr kommen, um mit ihr das Menü zu besprechen, er soll sich, um Gotteswillen, etwas Gescheites einfallen lassen, irgendeinen Friedrich- oder Luisenpudding halt. In St. Blasien ist ihm schließlich auch eine Torte kreiert worden, denkt sie bei sich. Aber irgendwie scheint Alfredo nicht so recht bei der Sache zu sein, fällt ihr auf, und sie selbst ist völlig aus dem Häuschen. Die Apfeltarte kommt ihr in den Sinn.

„Nein, Alfredo“, sagt sie entschieden, „wir kochen keinen Friedrich-und-Luisenpudding! Wir lassen uns etwas anderes einfallen. Du wirst schon sehen!“

Ein guter Wein muss her, ein Markgräfler, auf jeden Fall. Schließlich ist sie eine Breisgauerin. Sie schließt die Augen und versucht, sich das Funkeln und das Bouquet des Roten Chinon in dem Glas vorzustellen, das ihr Truffaut damals zum Kosten gereicht hat, und mit ihm kommt der Wohlgeruch der Kasserolle mit gedämpften Zwiebeln zurück, und in diesem Augenblick beschließt sie, Ihre Königlichen Hoheiten mit Champagner hochleben zu lassen.

Nachdem sich die erste Aufregung gelegt hat, klatscht sie in die Hände, um das Mineli, das Fineli, das Schlätterli, die Menzenschwander Marie, die Olgi und das Rösli zu sich zu rufen, das zuletzt noch mit dem Männeli an der Hand dahergesprungen kommt. Alle wissen, was sie vorhat, und folgen ihr im Gänsemarsch durch den Garten zum Abfallhaufen hinter dem Hof. Mit einem Holzstock stöbert sie leidenschaftlich in dem Haufen und spürt der Verschwendung von Kochresten nach. Sie ist entsetzt, darin Holz zu finden, fischt es heraus, lädt es den Mädchen auf, um es ins Haus tragen und im Ofen verheizen zu lassen.

Jetzt ist sie besonders darauf aus, Verschwendung aufzudecken, und sie legt dabei fast schon Ehrgeiz an den Tag. Sie muss den Champagner, mit dem sie Ihre Königlichen Hoheiten hochleben lassen will, einsparen.

Sie stochert und findet dabei eine gelbliche Masse, tunkt den rechten Zeigefinger hinein, schleckt ihn ab und: „Jerenei, das ist Grießpudding!“, stellt sie fest. „Ich glaub, da werde ich ein Wörtchen mit Alfredo sprechen müssen. Alfredo, avanti, avanti!“, verkündet sie in ernstem Ton und macht sich auf den Weg in die Küche.

„Nein, Mutter", ruft plötzlich Oliv und erschrickt darüber, dass sie Fanny mit Mutter angeredet hat. „Nein, es ist nicht Alfredos Schuld!"

Fanny, die soeben mit Wohlwollen wahrgenommen hat, dass man in ihr eine Mutter sieht, bleibt stehen und sieht Oliv erstaunt an.

„Ich kann es Euch erklären, Mutter", stackst Oliv. „Es war so: Alfredo hat mir den Pudding gestern Abend noch vor die Zimmertür gebracht."

„Aber warum hast du ihn denn nicht genommen, diesen wunderbaren Grießpudding?", fragt Fanny und schleckt noch einmal am Finger.

„Er wollte einen Kuss dafür", gesteht Oliv vor allen Mädchen, die um sie herum stehen und kichern. „Und da habe ich ihm den Pudding zurückgegeben. Wahrscheinlich hat er ihn deshalb in den Abfallhaufen geworfen. Mutter, mich trifft die Schuld", flüstert sie.

„So ein dummer Kerl", sagt Fanny und geht auf Oliv zu. „Und warum hast du den Alfredo nicht geküsst? Magst du ihn denn nicht, den Alfredo?"

Oliv senkt den Kopf. „Meine Mutter sagt immer, Küsse seien Schlangenbisse." Oliv hat ein trotziges Kinn und ihre dunklen Augen funkeln. Sie hat pechschwarzes Haar, und Alfredo einen ausgesprochen guten Geschmack, fällt Fanny auf.

„Und du glaubst es auch noch", sagt sie und sieht die Mädchen ringsum an. „Glaubt es nicht, Ihr Maidli", fügt sie dann leise hinzu, „glaubt es nicht! Meine Mutter hat das auch immer behauptet. Kommt, an die Arbeit, marsch!"

Vor der Haustür bleibt sie stehen und überlegt. „Fähnchen brauchen wir", ruft sie Carl zu, „und Blumen in den Landesfarben für den Kranz um das Chaisewägeli und für den Kranz um die Haustür und für den Blumenstrauß für die Großherzogin."

Sie würde zwar die Tafel mit dem von der Großmamme geerbten weißen Damast decken, aber er würde sicher nicht reichen, und überhaupt, sie wird nach Freiburg fahren müssen zum Kapferer am Münsterplatz.

Fanny und das Rösli nehmen Leintücher von der Leine, fassen sie an beiden Enden zusammen und straffen und strecken sie.

„Ich war in deinem Alter auch schon mal hier oben", erzählt sie dem Rösli, „weil ich blass und blutarm war. Meine Eltern haben den letzten Sparpfennig für mich geopfert, weil der Arzt gesagt hat, ich müsse auf die Höhe. Irgendwann habe ich die damalige Wirtin gefragt, ob ich denn nicht einmal baden könne." Sie lacht in sich hinein. „Wozu willst du denn baden, hat sie mich gefragt. Ich habe meiner Lebtag noch nie gebadet und bin trotzdem immer eine saubere Frau geblieben."

Sie schütteln die Leintücher, ziehen und lachen. Damals hätte sie sich nie träumen lassen, dass sie eines Tages hier oben selber die Wirtin sein würde, und sie wird jetzt eigenhändig dafür sorgen, dass auf dem Waschtisch des Großherzogs eine Schüssel mit Eiswürfeln stehen wird.

Sie beauftragt Marie, darauf zu achten, dass den Handwerkern richtig aufgetischt werde. Und Alfredo solle die Beefsteaks nicht wieder so laut klopfen, dass sich Herr Direktor Jordan beklagen müsse, er habe dabei das Gefühl, es würde ihm jemand auf dem Koppe rumhaun.

Der Hofrat hört Fannys Anweisungen und das Fragen und Lachen der Mädchen und bleibt stehen. „Ach, die Mädchen sollen Euch doch jetzt endlich mal in Ruhe lassen, Teuerste", beklagt er sich. „Ich warte immer noch auf eine Partie Zego mit Euch."

„Mutter, Mutter!", ruft Oliv von weitem. „Dem Knecht ist ein Gaul durchgegangen, und der Männi, der Männi – " will sie noch sagen, aber Fanny ist schon zu der Stelle gelaufen, an der Rösli mit Oskar im Arm auf dem Boden sitzt.

„Es ist ihm nichts passiert", sagt Rösli. „Barry hat sich über ihn gelegt."

Fanny nimmt den verstörten Oskar auf den Arm und trägt ihn zum Brunnen, um ihm Gesicht und Hände zu waschen und ihn auf Verletzungen zu untersuchen. Sie beruhigt sich nur langsam. Der Bernhardiner folgt ihr, als sie dann auf der Bleiche hinter dem Hof nach der Wäsche sieht.

Hab Nachsehen mit einem wie mir", hört Fanny seine Stimme hinter sich. „Hab Nachsehen mit mir." Er ist gekommen, und seine warme, dunkle Stimme streichelt ihr den Nacken entlang, lässt sie schaudern, um ihr dann wie eine heiße Wolke in den Kopf zu steigen. Sie hört das Blut in ihren Ohren rauschen und steht wie vom Blitz getroffen.

„Armand", sagt sie und lächelt benommen.

Er steht vor ihr, streicht sich mit der Hand durchs Haar und lächelt verlegen. Diese demütige Haltung, die heiteren Linien um seine Augen, denkt sie, seine Nase, die alle Düfte der Welt zu kennen scheint, sind nie wirklich weg gewesen.

„Es ist alles ganz anders hier", sagt er.

„Es ist Sommer", antwortet sie. „Hattest du gedacht, der Schnee bliebe für immer? Einmal musste er kommen, der Sommer."

„Ich meine, es ist alles so großzügig geworden hier", antwortet er.

„Ah“, stellt sie dann in einem enttäuschten Ton fest, „du bist also gekommen, um dich zu vergewissern, ob ich in der Lage bin, den Königlichen Gästen aufzuwarten. Keine Sorge, Monsieur, sie werden keine Wassersuppe vorgesetzt bekommen.“

Sie zuckt zusammen, als er ihren Arm streichelt.

„Ich bin eher gekommen, um ein Versprechen einzulösen“, sagt er leise, und als sie sich nicht rührt, kommt er ihr ganz nahe. „Ma déchirure“, raunt er ihr ins Ohr, und sie spürt, wie ihr sein warmer Atem den Rücken hinunter strömt. Dieses Wort hat er ihr schon einmal zugeflüstert. Sie findet in ihrer Sprache keinen Ausdruck dafür, aber die Art, wie er es sagt, lässt sie wissen, dass sie ihm noch immer das Herz zersprenge.

„Ich habe dich all die Jahre bei mir getragen wie einen verwundeten Vogel“, sagt er und sie spürt, wie sein Daumen sanft über ihren Handrücken fährt, wie seine Hand dabei leicht zittert.

„Darf ich dir etwas anbieten?“, fragt sie. „Du musst hungrig sein nach dem Aufstieg.“

Er lehnt ab, als er Gäste ankommen sieht und sie sich ihnen zuwendet, sie freundlich willkommen heißt und ihnen den Weg in den Feldberger Hof weist.

Er hat sich eine Zigarette in den Mundwinkel gesteckt und kramt umständlich und mit ernster Miene in seiner Ledertasche.

„Hier“, sagt er, kneift wegen des Rauchs die Augen zu und drückt ihr mit einem verlegenen Lächeln eine runde Schachtel in die Hand, die in beiges, mit Veilchen verziertes und vergoldetes Seidenpapier eingeschlagen ist und aus einer Baden-Badener Konditorei stammt.

„Kandierte Veilchen“, stellt sie gerührt fest.

„Ich trage sie schon eine ganze Weile mit mir herum“, lacht er etwas wehmütig, „wie den verwundeten Vogel.“

Sie hält schützend eine Hand darüber und er greift danach, um einen Kuss darauf zu hauchen.

„Ich komme besser ein anderes Mal wieder“, sagt er und sieht sich um, „vielleicht wenn die ganzen Aufregungen vorüber sind.“

Er lächelt etwas verlegen, und ihr ist, als verbeuge er sich kurz. Dann macht er ein paar Schritte rückwärts und nickt ihr noch einmal zu. Sie steht wie gelähmt mit der Schachtel in der Hand und sieht ihm nach. Er grüßt die Gäste, geht den Weg in Richtung Menzenschwander Viehhütte, vielleicht will er nach Menzenschwand oder ins Wiesental.

„Nein!“, ruft sie, aber er hört sie nicht, geht weiter. Sie folgt ihm, so schnell sie kann, an den verwunderten Gästen vorbei, ihr Herz will ihr aus dem Hals springen, sie hält ihr Kleid hoch mitsamt der Schürze und läuft mit aufgelösten Haaren, stolpert, fängt sich wieder, läuft wie um ihr Leben. „Nein! Armand! Warte! Ich muss dir noch etwas sagen!“

Er bleibt stehen, dreht sich nach ihr um, geht ihr entgegen.

„Wenn du schon gehst, nimm den verwundeten Vogel mit“, sagt sie leise und außer Atem. Er sieht sie an, als müsse er sich jeden ihrer Gesichtszüge einprägen wie damals im Basler Bahnhof, streicht ihr mit dem Zeigefinger der rechten Hand eine Haarsträhne aus dem Gesicht und lächelt. Sie hat Seitenstechen.

„Die Apfeltarte“, sagt sie nur, „die Apfeltarte.“

Er nickt.

„Du bist verrückt“, sagt sie, als er sie zu sich ins Gras ziehen will. Auf fünf Minuten einigt sie sich mit ihm und setzt sich dann auf seine Jacke, die er fürsorglich ausgebreitet hat. Sie möchte nicht, dass jemand ihrer Gäste oder gar die Mädchen oder der Bruder sie hier im Gras sitzen sehe, dazu noch mit einem Mann, und überhaupt müsse sie sich um die Handwerker kümmern, sie habe beim Bläsi in Menzenschwand einen Pavillon im Garten hinter dem Hof in Auftrag gegeben.

„Für den Großherzog?“, fragt er interessiert.

„Für die Gäste“, antwortet sie. „Ich biete diesen Sommer eine Molkekur und eine Mineralwasserkur an – wie in Baden-Baden.“

Dabei hat sie sich natürlich längst ausgedacht, dass sie Ihren Königlichen Hoheiten im Pavillon den Tee servieren würde.

„Der Großherzog liebt das Einfache, wie alle, die wissen, dass einfach zu sein die größte Kunst ist“, sagt Truffaut. „Ein Stück Brot, Käse, frische Milch, einen guten Wein. Deine Kartoffelsuppe würde seinen Geschmack erfreuen. Er mag nichts Gekünsteltes“, fügt er noch hinzu. „Deine Kartoffelsuppe – “ Er lächelt, kaut gedankenverloren auf einem Grashalm und sieht eine Weile den Wolken nach.

„Ich werde dem Großherzog doch keine Kartoffelsuppe vorsetzen, wenn er mir einmal die Ehre gibt“, lacht sie ihn aus.

„Hast du denn schon wieder alle Äpfel verbraucht oder reicht es dieses Mal für eine Tarte?“, fragt er. Sie gibt ihm keine Antwort. „Dieser Unterländer Bauer“, fährt er fort, „hat dir doch bestimmt wieder welche geschickt.“

Sie müsse jetzt wirklich gehen, meint sie dann, die Mädchen würden sie bestimmt schon vermissen.

„Warte“, sagt er und zieht sie wieder zu sich herunter, „du und ich in der Küche, davon habe ich all die Jahre geträumt.“

Sie denkt an den Hasenbraten, an diese wunderbare Soße, an das Apfelmus und lächelt. Der Wind spielt mit ihren Haaren.

„Ich möchte für immer hier sitzen bleiben und zusehen, wie wilde Haare sich verspinnen“, sagt er leise und streicht ihr eine Locke aus dem Gesicht.

„Du hältst es doch nie lange an einem Ort aus“, erinnert sie ihn, lacht wehmütig, schweigt.

Sie hält immer noch die runde Schachtel in der Hand. Er nimmt ein Veilchen heraus und steckt es ihr in den Mund. Seine Hand hat wieder nach ihrer gesucht, er zieht sie zu sich, küsst sie andächtig und sieht ihr dabei in die Augen.

„Eigentlich sind es gar keine Veilchen“, sagt er leise, „weißt du, es sind lauter Küsse, die ich für dich aufbewahrt habe. Jedes Veilchen ist ein Kuss, der mir keine Ruhe gelassen hat.“

„Küsse – “, sagt sie und schließt die Schachtel wieder. „Küsse sind Schlangenbisse! Das hat meine Mutter schon immer gesagt.“ Sie steht entschlossen auf und streicht sich die Schürze glatt.

„Ich bin froh, dass ich dich noch einmal sehen darf“, sagt er, „nachdem ich dich damals im Spätsommer nicht angetroffen habe. Ich hatte dir doch in meinem Brief versprochen, zu kommen, weißt du nicht mehr?“, fügt er hinzu, als sie ihn ungläubig ansieht. Ja, sie weiß noch, wie sie ihn vor dem Herrn Hofrat in ihrer Schürzentasche versteckte und es kaum erwarten konnte, ihn zu lesen, seinen Brief aus Baden-Baden. „Den ganzen Winter über habe ich dann nur daran gedacht, wo du bist und was du machst, und wie es dir geht hier oben.“ Seine Stimme klingt plötzlich wehmütig.

„Du warst hier?“, fragt sie verwundert, und ihr Herz stolpert.

„Hat dir dein Bruder nichts davon erzählt?“

„Nein", sagt sie, „ich habe immer gewartet."

Auf dem Weg zum Hof kommt ihnen Oskar entgegen gesprungen und will ihr etwas zeigen.

„Was ist mit dir?", fragt er verwundert.

„Nichts", sagt sie nur und wischt sich mit dem Handrücken eine Träne aus dem Gesicht. „Es hat gewindet. Du weißt doch, wie stark der Wind hier oben manchmal bläst."

Sie streicht ihm mit der Hand über den Kopf.

„Das Kind", sagt sie zu Truffaut, „mein Kind." Und Armand Truffaut weiß, wie viel Zeit vergangen sein muss.

„Schau, was Alfredo mir gegeben hat", sagt Oskar. „Einen haarigen Apfel!"

Fanny bestaunt die Frucht.

„Das ist ein Pfirsich", sagt Armand.

Sie hat noch nie einen Pfirsich gesehen und betrachtet ihn neugierig. Armand befühlt ihn, schnuppert daran und beugt sich zu Oskar hinunter. „Wenn du noch zwei, drei Tage wartest", rät er ihm, „ dann schmeckt er noch besser." Und zu Fanny sagt er: „Es gibt ein Dessert aus Pfirsichen, Himbeermark, Vanilleeis und geschlagener Sahne. Escoffier hat es erfunden, ein Gedicht. Du solltest es dem Großherzog kredenzen."

„Du stehst also in den Diensten des Großherzogs", stellt Fanny fest.

„Hin und wieder. Ist das eine Sünde? Natürlich wirst du ihm die Kartoffelsuppe servieren", bestimmt er, „mit Stückchen von diesen wunderbaren Bernauer Würsten", ergänzt er noch, und ihr fällt ein, dass der Bregger Fridolin gar nicht mehr lebt.

„Nein, mit den Wurststücken wird sie zu deftig", meint sie dann. „Wir nehmen geröstete Weißbrotwürfel, das macht sie sanfter."

Er wollte also doch damals im Spätsommer nach ihr sehen, stand hier vor der Haustür, und wurde nicht zu ihr gelassen, und sie hat nichts davon gewusst, hat immer gewartet. Einen Augenblick berührt er ihre Hand, drückt sie, hält sie kurz fest.

„Mutter, wer ist dieser Mann?“, fragt Oskar.

„Unser neuer Koch“, sagt sie. Er nickt.

Es sind diesen Sommer wieder alle 56 Betten belegt. Ganz oben steht noch ein kleines Zimmer frei, aber sie will nicht fragen, wie lange er bleiben wird.

Sie brüht immer noch den besten Kaffee der Welt. „Ich habe damals vergessen, dir deinen Schal zurückzugeben“, gesteht sie, als sie neben ihm am Herd steht und ihm zusieht, wie er ein Omelette bereitet. Ihre Hände berühren sich wie zufällig.

„Ma déchirure“, flüstert er wieder und schlägt mit viel Zartgefühl vier ganz frische Eier in eine Schüssel, „meine Herzzerreißerin!“ Er gibt die Eier in die Pfanne, in der der Anken schon leicht gebräunt ist, und löst das Omelette sacht ab, als es auf der Unterseite halb gar ist, redet ihm flüsternd gut zu, klappt eine Hälfte über die andere. Er schwenkt die Pfanne, schleudert das Omelette mit einem jähen Ruck aus dem Handgelenk in die Luft, fängt es im Fluge auf und serviert es ihr auf einem im Ofen vorgewärmten Teller.

Die Sonne scheint durchs Küchenfenster auf den Tisch.

„In Paris serviert man es mit Kaviar“, sagt er.

„Kaviar wächst hier nicht“, erwidert sie trocken.

Sie träumt schon lange von einem dieser alten, kühlen Keller mit Spinnweben und verstaubten

Weinflaschen aus Burgund, der Touraine und dem Markgräfler Land, einem Weinkeller mit dicken Holztüren und einem großen Schlüssel, den nur sie aufbewahrt.

Sie warte auf den Spätsommer, damit sie den Gartenhägler ansetzen könne, erzählt sie ihm und schenkt ihm einen Schluck aus der Flasche ein, die ihr der Raimartibauer letzten Herbst verehrt hat.

„Etwas Besonderes", sagt sie, „ein Fruchtwein aus den Beeren, die entlang des Gartenzauns wachsen. Er wird in der Gegend um den Titisee an Festtagen getrunken. Jede Bäuerin hat ihr eigenes Rezept."

Sie schwärmt vom Garten der Schwörerbäuerin auf dem Häuslebauernhof in der Nähe des Rinken und des Baldenweger Bucks, der besonders windstill am Südwesthang in der Sonne liege und eine Pracht sei, und er bewundert währenddessen die Farbe des Gartenhäglers im Licht, führt das kleine Glas zur Nase und wiegt den Kopf anerkennend hin und her.

„Cassis", errät er, „Johannisbeeren."

Die roten Johannisbeeren schlügen ordentlich aus, sagt sie, die schwarzen würden ihr etwas Sorge machen, aber was wolle man in dieser Höhenlage schon erwarten. Sie nähme dann halt etwas mehr Zucker und Heidelbeeren. Und Heidelbeeren gebe es die größten und schönsten dort, wo der Schnee am längsten liegen bliebe, habe ihr der Raimartibauer verraten. Himbeeren würde es wohl wieder genug geben, und sie kenne eine Stelle, wo es in das Wiesental hinuntergehe, im Fahler Loch.

„Soso, im Wiesental", lächelt er, und seine Augen funkeln.

Vor dem Haus geht Direktor Jordan ungeduldig auf und ab, zieht an seiner Zigarre, bläst den

Rauch in die Luft und wartet darauf, dass endlich seine Frau aus dem Haus käme.

„Ilse“, ruft er zur Haustür hinein, „haste denn immer noch nich alle Karten jeschrieben! Wat stehste denn bloß in die Schlange hier! Zu Hause in Berlin machste det doch och nicht, in die Schlange stehen!“ Dann geht er wieder auf und ab.

„Jaja“, sagt er zu sich selbst, „da merkt man halt, dat man da janz nah an die italienische Grenze ist. Allet jeht en bisschen langsamer. „Ilse!“, ruft er dann wieder. „Ick will jetzt zum Titisee!“

Fanny könnte sich an der kleinen Szene amüsieren, hätte sie nicht gerade die neuen Prospekte angesehen und dabei festgestellt, dass als Besitzer des Feldberger Hofs nur ihr Bruder aufgeführt ist. Sie erinnert sich daran, wie sich der Hofrat an ihrem Geburtstag über diese neuerdings Rad fahrenden Frauen in Freiburg aufgehalten hat. „Fehlt nur noch, dass sie Männerkleidung tragen und studieren“, hört sie ihn noch sagen.

Es klopft an die Bürotür.

„Scusi, Signora“, sagt Alfredo aufgeregt in seinem gebrochenen Deutsch, „ich koche nicht mit diesem Franzosen. Alles weiß er besser, weisch!“

Truffaut sei ein Glücksfall in der Küche und der beste Lehrmeister, den er sich wünschen könne, sagt sie. Sie würden in Zukunft gemeinsam am Herd stehen, basta!

Hasenpastete, Zander, Forelle blau mit Kartoffeln, Hecht, Schnepfen, Rebhühner, Wachteln, gefüllte Krebsnasen, Vanillecreme, Meringuen, Biskuit kämen nicht in Frage, sagt sie, und den Kalbskopf en tortue sollten sich Carl und Armand an den Hut stecken. Sie würde den Königlichen Hoheiten Kartoffelsuppe servieren und Leberle in Madeirasoße mit Brägele, Armands Hasenbraten, und zum Nachtisch müsse es auf jeden Fall Alfredos wunderbarer Grießpudding sein, Schwarzwälder Schneeballen auf Karamellsoße und eine Linzertorte.

„Im Wiesental gibt es schon Walderdbeeren, und du servierst eine Linzertorte“, empört sich Carl.

„Eine Linzertorte und ein Glas Gutedel“, bestimmt sie.

„Und eine Apfeltarte“, fügt Armand hinzu.

„Nein“, sagt sie und eilt aus der Küche. Ihr ist auf einmal so heiß und so schwindelig, und die Luft wird ihr eng.

Armand trocknet sich die Hände am Küchentuch ab. „Ich muss bald wieder gehen“, ruft er ihr nach.

Sie holt Oskar wortlos vom Brunnen weg, zieht ihn mit sich. Er fragt nichts, geht still mit, kann kaum mit ihr Schritt halten und sieht sie wieder mit dem Handrücken Tränen aus dem Gesicht wischen, und er weiß nicht, was sie hat. Sie ist noch nie vom Hof weggegangen. Er hält ihre Hand ganz fest. Sie zittert. Mücken schwirren in dichten Wolken, es sieht nach Gewitter aus.

Vor der Haustür stehen Carl und Armand und unterhalten die Apothekerstöchter, die Patschouliduft verströmende indische Seidenschals nach der neuesten Mode tragen und mit ihren weißen Sonnenschirmchen kokettieren. Armand fabuliert und gestikuliert. Die jungen Frauen lachen, sie hört es bis hierhin. Sie schwitzt in ihrem dicken, langärmeligen Kleid, ist froh, dass endlich ein frischer Wind aufkommt und geht diesem Wind erleichtert entgegen. Sie trägt immer noch diese alten Winterkleider, als wenn der Sommer sie nichts anginge. Sie sollte sich nicht immer so abmühen, denkt sie, und legt sich die Hand an die Stelle im Rücken, an der sie immer häufiger ein Ziehen verspürt.

Was hatte sie eigentlich von einem wie Truffaut erwartet? Sie bleibt stehen und ringt nach Luft. Oskar schlingt seine Arme um ihre Hüften. Sie streichelt ihm über den Kopf und er drückt sich ganz nah an sie.

„Bist du krank, Mutter?“, fragt er.

Sie schüttelt den Kopf. „Nein, nur müde.“

Eine dunkle Wolkenwand steht über dem Hof. Die Mädchen springen, um die restliche Wäsche von der Bleiche aufzulesen und die Tischtücher von den Gartentischen zu nehmen. Sie werden schon ohne sie zurechtkommen. Ein einziges Mal nur.

’s dunnert, es dunneret ehnen am Rhistrom,
und es git e Wetter! I wott, es zög si vorüber.
’s chunnt so schwarz – nei lueget, wie’s blitzt, und
loset, wie’s windet, wie’s im Chemi tost,
und der Guhl uffem Chilcheturn gahret!
Helfis Gott! – s chunnt alliwil nöcher und alliwil
stärcher.

Der Wind bläst sie fast um, als sie den runden Friedrich-Luisen-Turm mit seinen Zinnen auf dem Höchsten sehen. Er ist der einzige Unterschlupf in dieser Gegend, die Viehhütten liegen weit verstreut über das ganze Feldberggebiet. In der Rheinebene zucken Blitze.

Trenkle, der alte Turmhüter, streckt ungläubig die Nase aus dem Schiebfenster, als sie anklopft.

„Mit Verlaub, Madame“, sagt er, „von Euch hätte ich erwartet, dass Ihr das Wetter einzuschätzen wisst. Ihr riskiert Euer Leben.“

Sie muss verrückt geworden sein, denkt sie, unter normalen Umständen wäre sie niemals auf den Gedanken gekommen, bei drohendem Gewitter aus dem Haus zu gehen. Unter normalen Umständen war immer sie es, die darauf achtete, ob auch alle noch rechtzeitig in den Hof zurückgekehrt seien.

Der Turmhüter öffnet die Tür.

„Und das Büble habt Ihr auch noch dabei", stellt er kopfschüttelnd fest.

Sie ist außer Atem, weil sie den Rest des Wegs vor dem Regen hergesprungen sind und lehnt sich an die Turmwand, um sich kurz auszuruhen. Dann steigen sie hinter Trenkle die Stufen in seine düstere Turmstube hinauf. Er legt ihnen ein Schaffell auf die Bank. Oskar drückt sich an sie.

Der Wind pfeift durch die Mauerritzen.

„Jaja, er wird baufällig, der großherzogliche Turm", stellt Trenkle fest. „Irgendwann fällt er zusammen. Der Herr Hofrat muss sich sputen, wenn er das Geld für einen neuen zusammenbringen will, bevor der alte einstürzt."

Der Wind peitscht den Regen an die Turmwand, die Petroleumlampe flackert unruhig. Die Blitze fahren wie grelle Geister den Turm entlang, und wenn es gleich darauf kracht, meint sie, der Turm bräche auseinander. Sie zuckt jedes Mal zusammen und wirft Trenkle einen ängstlichen Blick zu. Sie wissen beide, dass der Blitz schon des Öfteren hier eingeschlagen hat.

„In der Einsamkeit lernt man die Natur kennen", winkt er ab. „Und am Ende fürchtet man sich vor gar nichts mehr."

Er zündet die Gewitterkerze an, die er einmal von einer Wallfahrt nach Einsiedeln mitgebracht hat, und holt seinen Magenbitter aus dem Schrank. Fanny sieht eine alte Weihwasserflasche, halb voll, mit dem Wappen des Papstes.

„Man altert langsam", philosophiert er. „Nicht auf einmal – zuerst altern die Augen, dann die Beine, dann das Herz."

„Ja“, stimmt sie ihm zu, „das Herz stirbt zuletzt.“

„Nein“, widerspricht er plötzlich entschieden, „wir sterben noch nicht. Wer hier oben besteht, wird steinalt.“

Eigentlich möchte sie am Ende nicht einer alten Wettertanne gleichen, denkt sie und sieht den Tännlefriedhof vor sich, die Stelle an der Baumgrenze, an der Wind und Schnee seit Menschengedenken dem Leben zeigen, wer hier oben das Sagen hat.

Eine Zeit lang ist es still in der Turmstube bis auf das Grollen des Donners, der sich langsam davon macht Richtung Baar. Dann erzählt Trenkle, dass der Herr Hofrat wohl noch den ganzen Schwarzwald markieren werde.

„In einer Weile wird es hier keinen Stein und keinen Baumstamm mehr geben, der nicht blau oder rot oder gelb angemalt ist, und bald wird sich ganz Freiburg hier oben auf den Füßen herumstehen“, lacht er.

„Lasst sie alle kommen, Trenkle“, scherzt sie, und er erzählt ihr von dem Mädchen aus dem Wiesental, das am Sonntag manchmal barfuß zu ihm heraufkomme, im Wald übernachte und davon träume, bei Fanny Mayer Zimmermädchen zu werden.

Der Trenkle kennt sich aus in der menschlichen Viehzucht, sagt Fanny immer, der ist durch seine vielen Reisen und seinen langjährigen Aufenthalt bei der päpstlichen Schweizergarde in Rom in der Welt herumgekommen, er weiß, was es mit dem Leben auf sich hat.

„Hier“, sagt er besorgt und schenkt ihr ein Glas ein. „Das Herz kann er zwar nicht wärmen, aber er schmeckt nicht schlecht, Ihr werdet sehen.“

Er ahnt, was in ihr vorgeht, er hat in ihrem Gesicht Spuren von weggewischten Tränen gesehen.

In einer Kiste zieht er Schnittlauch, sieht sie, um ihn vor dem starken Wind und der Kälte hier oben in fast 1500 m Höhe zu schützen.

Der ziehende Schmerz in ihrem Rücken hat nachgelassen, und die Welt ist wie neu geschaffen, als sie aus dem Turm herauskommen. Der Regen hat aufgehört.

„Ihr werdet Euch damit abfinden müssen, dass Eure Sehnsüchte kein vollkommenes Echo in der Welt finden“, sagt er, als hätte er ihre Gedanken gelesen. „Ihr seid hier nicht im Himmel.“

Sie wird sich auch mit dem abfinden müssen, was sie für sich und die anderen ist, denkt sie, nur so wird sie ihr Leben ertragen können.

„Erwartet nicht, dass das Leben Euch dafür lobend auf die Schulter klopft“, sagt er.

Dunst steigt aus den Wäldern ringsum und zieht ab wie aus vielen kleinen Kaminen.

„Schau, Mutter“, sagt Oskar und deutet auf eine Stelle im Wald. „Oliv sagt: Immer, wenn Rauch aus dem Wald steigt, kochen die Hasen Kaffee.“

Er hat seinen Arm um sie geschlungen und sie stehen hier oben auf dem höchsten Punkt des Großherzogtums, wo man an der Neigung der Schweizer Eisriesen erkennt, dass die Welt halt doch rund ist, wo man das Gefühl hat, man befände sich auf dem Mittelpunkt der Erde. Am Nabel der Welt.

„Trenkle“, sagt sie auf einmal, „hier oben bin ich fast im Himmel. Hier bau ich ein Hotel, lacht nicht, Ihr werdet schon sehen.“

Seit dem frühen Morgen springt sie, festlich herausgeputzt in ihrem besten Kleid, aufgeregt von einem Platz zum anderen, übt mit den Mädchen noch einmal das Spalierstehen, das Bedienen Ihrer

Königlichen Hoheiten, den Knicks, das Fähnchenschwenken, das Überreichen der Blumen an die Großherzogin.

Sie steht kurz vor einem Nervenzusammenbruch, weil nichts gelingen will und Alfredo den Grießpudding mitsamt dem kostbaren Orangeat und Zitronat hat anbrennen lassen. Und jetzt kommt Noldi mit der Nachricht daher, dass der Herr Kommerzienrat Tritschler, der sein Leben der Planung und dem Bau der Höllentalbahn gewidmet hat, heute Morgen beim Eintreffen des Sonderzuges mit Ihren Königlichen Hoheiten in Titisee vor lauter Aufregung einen Schlaganfall erlitten habe und tot zusammengebrochen sei.

„Was regt er sich auch so auf“, sagt sie bestürzt.

Als die gelbrot bekränzte Kalesche mit Ihren Königlichen Hoheiten, dem Großherzogspaar Friedrich und Luise endlich vor dem Hof vorfährt, bleibt ihr fast das Herz stehen.

Der Großherzog sieht noch beeindruckender aus, als sie ihn sich vorgestellt hat. Er trägt eine goldverbrämte Uniform, nimmt die Schildmütze vom Kopf, als er näher kommt, und streicht sich den weißen Schnurrbart.

Die Mädchen stecken die Köpfe zusammen, sehen ihr immer wieder auf die Füße und kichern. Fanny Mayer, die viel gerühmte Wirtin des bestgeführten Berghotels des Großherzogtums Baden, hat ihre Hausschuhe noch an! Sie möchte im Erdboden versinken.

Ihre Königliche Hoheit, die Großherzogin Luise, wirkt mädchenhaft und trägt einen kunstvoll geschwungenen Hut mit einer Pfauenfeder. Sie lächelt und winkt huldvoll. So sieht also die Frau aus, der man Wohltätigkeit nachsagt, die sich für den

Handarbeitsunterricht in den Schulen einsetzt, denkt Fanny, und von der man sagt, sie habe Haare auf den Zähnen.

Sie seien an gelb leuchtenden Löwenzahnwiesen vorbeigefahren und an blühenden Kirschbäumen, erzählt sie und lobt die landschaftliche Schönheit des Schwarzwalds. Sie sei schon einmal durch das Höllental gefahren, damals, auf ihrer Hochzeitsreise, bei deren Anlass sie ihren Vetter, seine Durchlaucht, den Fürsten Karl Egon zu Fürstenberg besuchten, erzählt sie. Eine Hochzeitsreise durch Höllental und Himmelreich sei ihr dabei so sinnig vorgekommen, lacht sie.

Der Großherzog schickt Fanny sein schelmisches Lachen entgegen. Das ist er also, denkt sie, das ist der mächtigste Mann im ganzen Land, von dem man sagt, er sei ein Glücksfall, der Mann, der den Mut hatte, eine kleine Preußenprinzessin zu ehelichen, obwohl der Preuße noch vor kurzem Badens größter Feind war.

Er wirkt auch noch mächtig, als er aus der Kalesche aussteigt und ihr die Hand küsst, nachdem sie sich mit einem Hofknicks für die Ehre seines Besuches bedankt hat. Das Blut schießt ihr in den Kopf, sie getraut sich gar nicht, um sich zu sehen und versucht, ihn mit freundlichen Begrüßungsworten von ihren Hausschuhen abzulenken.

„Ich bin schon enttäuscht, Madame, dass ich Euer viel gerühmtes Hämorrhoidenwägele nicht kennen lernen durfte“, scherzt der Großherzog und sieht sich bewundernd um. Er geht mit ihr ein paar Schritte hinter der Großherzogin. Da fällt sein Blick zufällig auf Fannys Hausschuhe. Sie spürt es.

„Ich wünsche, Ihre Königlichen Hoheiten können sich hier oben wie zu Hause fühlen“, sagt sie und ihr Lachen fällt in seine blauen Augen. „Wie Ihr seht, hat Eure Gastgeberin zu diesem Zeichen gleich die Hausschuhe angelassen.“

Er ist amüsiert, doch ihr Herz rast vor Aufregung, als sie Ihre Königlichen Hoheiten an ihren bescheidenen Tisch bittet.

Die Kartoffelsuppe wird angekündigt, sogleich aufgetragen und allseits gelobt und beklatscht. Armand hat sie mit einem Hauch Majoran verfeinert. Er serviert sie mit Holderküchlein.

„Dieser Truffaut ist ein Genie“, lobt der Großherzog. „Er wird mich nächste Woche nach Badenweiler begleiten müssen.“

Plötzlich lacht er, weil ihm ein Erlebnis aus dem Sommer des vorigen Jahres wieder in den Sinn kommt.

„Ich ritt mutterseelenallein auf einem Esel in die Natur hinaus“ , erzählt er „und begegnete keiner Menschenseele, bis mich dann in Kälbelescheuer oben ein Hirtenjunge sprachlos und mit offenem Mund bestaunte. Was ist, fragte ich ihn, hast du noch nie einen Esel gesehen? Doch, schon, gibt er mir zur Antwort, aber noch nie zwei aufeinander.“

Es sei doch außergewöhnlich, dass eine Frau wie sie sich selbst um die Erziehung des Kindes kümmere, meldet sich die Großherzogin zu Wort. In ihren Kreisen sei dies unvorstellbar. Ob sie es nicht ins Internat zu schicken gedenke, dort würde es doch sicherlich mehr Rüstzeug für sein Leben erhalten als hier auf diesem einsamen Berg.

Diese Bemerkung gibt ihr einen Stich ins Herz, zumal Oskar schon darunter leidet, dass Rösli, die ursprünglich nach Lausanne wollte, um dort Französisch zu lernen, im Juni die Basler Nähschule besuchen wird.

Sie werde über den Rat Ihrer Königlichen Hoheit nachdenken, antwortet sie, für den Augenblick könne sie sich, mit Verlaub, keinen Ort der Welt vorstellen, an dem ihr Kind mehr für sein Leben lernen könne als an der Seite seiner Mutter.

„Es ist hierzulande eher üblich, Königliche Hoheit, seine Kinder dem nächstbesten Bauern als Hütebuben zu geben, um sie vor dem Verhungern zu bewahren.“ Dass sie dort oft schlechter behandelt werden als das Vieh, das sie hüten, verschweigt sie.

Letzten Oktober ist sie einmal dazugekommen, wie Rösli einen kleinen Buben wegjagen wollte, weil er so entsetzlich stank. Er hatte keine Schuhe und wärmte seine Füße in den warmen Kuhfladen. Auf seinem Rücken entdeckte Fanny Blutergüsse und Narben. Seitdem kommt er hier manchmal vorbei und isst die Pfannen und Töpfe leer, bevor Marie damit in den Wald verschwinden kann.

„Mein lieber Scholli“, sagt der Raimartibauer anerkennend zum Waldhüter, als der Hauptgang aufgetragen wird, und der Waldhüter nickt zustimmend, „mein lieber Scholli!“ Sonst sagen sie nichts, die beiden, stellen nur ihre Ohren. Niemals zuvor haben sie an einer so erlauchten Tafel gespeist. Sie sind sich dieser großen Ehre bewusst, und der Waldhüter schämt sich immer noch für den Vorfall in Menzenschwand, bei welchem Ihre Königlichen Hoheiten auf dem Rathaus zu einem Empfang eingeladen waren und bei dem die Frau eines Gemeinderats die Großherzogin aufforderte, ungeniert zuzugreifen. Sie wisse ja, das Schwarze sei der Kaffee und das Weiße der Rahm.

Der Großherzog lobt die butterzarten Leberle in Madeirasoße, die einem auf der Zunge zergehen, und philosophiert über dieses neue grandiose Zeitalter und die Veränderungen, die buchstäblich in der

Luft lägen, wenn man nur bedenke, welche Entwicklungen allein auf dem Gebiet der Schönen Künste und der Fotografie im Gange seien. In Paris arbeite man bereits an bewegten Bildern.

„Stellt Euch vor, Madame, dort macht man sich daran, Telefonhäuschen und Papierkörbe aufzustellen. In ein paar Jahren wird man Euch gar mit einem Vehikel hier oben besuchen, die Zeiten sind bewegt. Und irgendwie, Madame, passt Ihr in das Bild der Pioniere“, sagt er ihr voller Begeisterung, hebt das Glas und prostet ihr zu. „Was ist übrigens aus der Zahnradbahn geworden, die dieser Hüglin über den Schauinsland auf den Feldberg bauen wollte?“, fällt ihm ein. „Ich habe erst neulich wieder in unserer Zeitung darüber gelesen. Dieser Stinnes soll dahinter stecken, sagt man, dieser Großindustrielle aus dem Rheinland.“

Sie winkt ab. Diese Angelegenheit sei fast schon vergessen, erwidert sie.

Der Großherzog zeigt sich angetan vom Pavillon, den parkähnlichen Anlagen und der frischen Luft hier oben. Er lässt sich von Fanny die Stallungen zeigen, unterhält sich mit ihr über Viehzucht und über den Menschenschlag rund um den Feldberg.

„Unser Herrgott hat schon eine große Menagerie beisammen“, seufzt sie, und er fragt sie, wie sie sich bei den Schwarzwälder Dickköpfen durchsetzen könne – eine Frau wie sie. Sie gehöre eben zu derselben Sorte, antwortet sie, und der Großherzog lacht. Er betrachtet sie aus den Augenwinkeln und sagt, er sei noch nie so nah am Himmel gewesen.

„Königliche Hoheit befinden sich auch auf dem höchsten Berg Ihres Landes“, lacht sie.

Man sage ihr nach, dass sie alle ihre Gäste so behandle, als rechne sie damit, der liebe Gott könnte sich persönlich unter ihnen befinden, sagt er nebenbei. Fanny lächelt. Er dürfe hier oben auf keinen Fall den Sternenhimmel verpassen, rät sie ihm.

Die Nacht ist wunderbar klar. Und als wolle der Himmel dem hohen Gast eine besondere Freude machen, löst sich eine Sternschnuppe nach der anderen.

„Seht nur, Madame", ruft der Großherzog und deutet zum Himmel, als eine besonders schöne herunterfällt.

„Königliche Hoheit haben hoffentlich nicht vergessen, sich etwas zu wünschen", erwidert Fanny. Sie erzählt ihm, dass im August, wenn hier oben der Tag des Schutzheiligen, der Laurenzitag, gefeiert wird, die Sternschnuppen zu Hunderten vom Himmel fallen. „Laurenzitränen sagt man ihnen hier", erklärt sie, „und es sieht aus, als würde der ganze Himmel weinen."

Sie nippt am Champagnerglas, und er hört ihr aufmerksam zu, wie sie vom Viehhandel erzählt, vom Gesindel, das sich früher hier den Sommer über herumtrieb, und wie unendlich einsam der Winter hier oben ist. Er erzählt ihr, dass er einem gewissen Hans Thoma aus Bernau den Auftrag erteilt habe, ihn zu portraitieren, was sie erfreut aufnimmt, denn Hans Thoma, so berichtet sie gleich, sei auch schon hier eingekehrt und habe sich in das Gästebuch des Feldberger Hofs eingetragen.

„Dieser Champagner hat es in sich", sagt sie dann etwas verlegen. „Er steigt in den Kopf." Und sie kann es kaum glauben, dass sie auf dem Feldberg steht und mit dem Großherzog den Himmel nach Sternschnuppen absucht.

„Friedrich!“, ruft Ihre Königliche Hoheit, die Großherzogin, in die plötzlich entstandene Stille. „Friedrich, ich geh jetzt schlafen!“

Mit einer höflichen Handbewegung will Fanny ihm Gelegenheit geben, das Gespräch zu beenden. Aber der Großherzog lässt seinen Blick nicht vom Sternenhimmel.

„Wie du willst, Luise“, ruft er, „wie du willst“, und wendet sich wieder Fanny zu. „Und Ihr sagt, Madame, der ganze Himmel würde an Laurentius weinen?“ Sie nickt, und sie stehen eine Weile und warten, ob nicht weitere Sternschnuppen vom Himmel rutschen.

„Friedrich!“, ruft es wieder durch die Dunkelheit. „Friedrich, ich geh jetzt schlafen.“

Fanny verneigt sich vor dem Großherzog.

„Wie du willst, Luise, wie du willst“, ruft er und macht sich auf den Weg zum Haus. „Es war mir eine Ehre, Madame“, ruft er ihr auf halbem Weg noch zu, „und Eure Leberle waren ein Gedicht.“

Sie bedankt sich lächelnd.

„Ich wünsche Ihren Königlichen Hoheiten eine geruhsame Nacht“, sagt sie leise zu sich und seufzt zufrieden. In der Fürstensuite mit den Basler Nussbaummöbeln im Zimmer Nr. 1 steht auf dem Waschtisch eine Porzellanschüssel voller Eiswürfel, wie man es von den vornehmen Häusern in der Stadt kennt.

Der Himmel ist noch nicht so weit und so offen wie im August, denkt Fanny und wirft noch einen Blick in die Runde. Sie hört, wie sich der Raimartibauer vor dem Haus verabschiedet. Er müsse um drei Uhr früh die Schleusen zum Feldsee öffnen, sagt er und geht mit schweren Schritten davon. Sie mag diesen riesigen, mundfaulen Kerl, den sie sich nicht ohne seine braune lederne Schürze vorstellen kann, die er um den Bauch gebunden trägt und über deren Bewandtnis unter den Mädchen immer wieder gerätselt wird. Sie sieht ihm nach, bis er im Wald verschwunden ist. Hoffentlich sperrt ihn seine Frau nicht wieder aus.

Es gibt eben keine glückliche Liebe, sinniert sie. Doch während sie ihre Gedanken schweifen lässt, kommt ihr der Flickschuster von Altglashütten mit seinem Liebchen in den Sinn. Sie sieht die Stube vor sich, in der sie darauf wartet, dass er ihre Winterstiefel besohlt, und wie sich nach einer Viertelstunde das Federbett auf dem Tisch am Fenster auf einmal bewegt und sich als die Hüftpartie einer uralten Frau herausstellt, wie sich zwei nackte, faltige Arme herausschälen, und wie sich der Flickschuster die Brille auf die Nase schiebt, verschmitzt lächelt und sein Liebchen vorstellt mit den Worten: „Das ist die Reebecke, 92 Jahre alt, stocktaub, aber lesen tut sie noch ohne Brille."

Und genau dies hatte sie auf dem Bauch liegend getan.

Sie trinkt das Glas aus, das erste Glas Champagner ihres Lebens. Sie würden es schaffen, das weiß sie jetzt schon. Vielleicht wird es sogar für eine neue Auflage Rosshaar in den Matratzen reichen, die noch so dünn sind wie Lebküchle.

Nächste Woche schon wird der Garten mit einem Teich verschönert, und auf dem Köpfle hinter dem Hof wird sie eine Holzbaracke bauen lassen, damit die einfachen Wanderer, die bald mit der Höllentalbahn heraufkommen, genügend Schlafplätze vorfinden. Fünfzig Pfennige hat sie sich für die Übernachtung auf einem Strohsack ausgerechnet, ein guter Gewinn bei wenig Aufwand. Nur dieser Hüglin geht ihr nicht aus dem Sinn.

Sie hört den Bruder husten und wickelt sich enger in ihre Stola. Marie huscht aus dem Haus und verschwindet mit einer Kasserolle im Wald.

„Wie seltsam“, sagt auf einmal Armand hinter ihr. „Manchmal hat man die größte Mühe, einen einzigen Stern vom Himmel zu holen, und jetzt fallen sie ganz von selbst herunter.“

Armands Kaffeetasse steht noch unbenutzt. Fanny geht an den weiß gedeckten Tischen vor dem Haus reihum, wünscht den Gästen, die sich dort schon niedergelassen haben, einen guten Morgen und erntet freundlich nickend Komplimente für ihren exzellenten Kaffee. Oliv behauptet, seine Tasche und auch seine Kleider seien noch alle auf seinem Zimmer, sie habe gerade sein Bett gemacht. Im Stall sei er auch nicht, beteuert Marie und mustert Fanny von der Seite.

„Herrgott, jetzt fang ich auch schon an“, schimpft Fanny vor sich hin und fängt dann an zu lachen. „Dieser Denglegeist bringt mich vielleicht durcheinander!“

Vielleicht begleitet er ja Oskar ein Stück weit das Mareieloch hinunter zum Hufschmied. Vielleicht hat ja der Esel wieder gebockt, wer weiß. Es ist immer dieselbe Stelle, an der er nicht weiter will. Sie hat sich schon den Kopf darüber zerbrochen, an was es liegen könne. Der alte Kapferer winkt jedes Mal ab, wenn sie ihn darauf anspricht, und sagt, Oskar solle den Esel einfach dort stehen lassen und ins Dorf hinunter kommen und ihn benachrichtigen. Es wird ihr richtig seltsam zumute, wenn Oskar dann erzählt, der Kapferer habe den Esel mit einem Spruch mühelos zum Weitergehen gebracht. Einmal sei er sogar dazugekommen, wie er bei einem Pferd eine Blutung zum Stillen gebracht habe.

„Da bist du ja“, sagt sie erleichtert, als Armand im Garten auf sie zukommt. „Du bist ja ganz nass!“ Sie versucht, ihre Aufregung vor ihm zu verbergen.

Er sei im Feldsee unten schwimmen gewesen, erzählt er, als gäbe es nichts Selbstverständlicheres auf der Welt.

„Nackt?“, fragt sie entsetzt und weicht zurück.

„Wie denn sonst?“, lacht er. „Behältst du vielleicht im Wasser die Kleider an?“

Sie kann gar nicht schwimmen. Wo hätte sie es auch lernen sollen! Kein Mensch im Schwarzwald würde auf die Idee kommen, auch nur einen Fuß in den Feldsee zu setzen, in dieses unheimliche, dunkle Loch, in das der Denglegeist seine Geheimnisse gebannt hat. Nackt.

Er lacht noch immer, streicht sich durch die nassen Haare und nimmt sie an der Hand.

„Komm“, sagt er, „komm mit mir, es ist ein unglaubliches Gefühl. Der See sieht aus, als hätte die Sonne eine Hand voll Sterne darüber ausgegossen. Komm! Der Wind trocknet uns wieder.“

Sie zögert. „Du bist verrückt!“, sagt sie nur und reißt sich los. Sie hat noch nie einen Mann nackt gesehen. Wenn sie zu Hause in Freiburg in der Hinteren Wolfshöhle am Badetag mit Rosa im Zuber saß, musste der Vater immer ein Handtuch zwischen die beiden halten, damit sie einander nicht nackt sehen konnten.

„Ich kann nicht“, antwortet sie. Er hält sie zurück.

„Fanny!“, sagt er nur und steht vor ihr und sieht ihr durchdringend in die Augen und ist ihr ganz nah und will ihr noch sagen, dass ihre Augen gefährlicher sind als der Feldsee und er sich am liebsten in sie versenken würde, aber Oliv ruft.

C'est la vie. Sie löst sich aus seiner Hand und ordnet ihre Haare und ihre Sinne. Wer weiß, wozu es gut ist, denkt sie, ein Schandfleck in der Familie genügt. Wie hatte ihre Mutter immer zu verstecken versucht, dass sie selbst das uneheliche Kind einer Unterländerin und eines adligen Offiziers aus der österreichischen Armee war.

Apfeltarte, denkt sie, Apfeltarte, und es kommt ihr vor wie Poesie. Dichter, Patissiers und Küchenchefs scheinen irgendwie Verbündete zu sein in ihrem Bestreben, die Welt zu füttern. Sie sieht schon seine Hände vor sich, diese sinnlichen Hände, die den Teig kneten mit der Entschlossenheit, mit der sie schon immer berührt werden wollte, und dann taucht das Bild wieder auf, das sie sich all die Jahre herbeigesehnt hat, sieht ihn Äpfel schälen, in Schnitze schneiden und in sanftem Bogen das Kerngehäuse herausschneiden, sieht seine Hand ihr wie selbstverständlich den ersten Apfelschnitz reichen, und sie lächelt ihn an.

„Die Tarte ist eine Erfindung der Schwestern Tatin aus dem Garten Frankreichs", erzählt er. „Sie haben in ihrem ländlichen Gasthof die Gäste damit verwöhnt. Die Tarte Tatin ist mittlerweile so berühmt, dass sie auch die Pariser Restaurants, die etwas auf sich halten, auf ihrer Dessertkarte führen. Nur haben die Küchenchefs vergessen, dass sie von zwei Schwestern erfunden wurde, und servieren diese provinzielle Delikatesse einfach unter dem Namen ›Tarte du chef‹", fügt er mit einem Seitenblick zu ihr hinzu.

Frauen und Männer sind eben zwei verschiedene Paar Stiefel, denkt sie.

Er fährt ihr mit dem Handrücken über das Gesicht, als hätte er ihre Gedanken gelesen. Ihre Augen sind so geheimnisvoll wie der Feldsee, wenn die Sonne eine Hand voll ihrer Sterne hineingestreut hat.

„Du bist blass“, stellt er besorgt fest.

„Ich bin nur müde“, antwortet sie. Und nach einem Augenblick des Schweigens: „Ich muss dir etwas gestehen. Seit du gegangen bist, habe ich keine Apfelschnitze mehr angerührt. Ich habe immer Marie beauftragt, die Äpfel zu verarbeiten.“

„Das ist konsequent“, stellt er fest.

„Vielleicht ist es auch einfältig“, sagt sie.

„Konsequent ist meistens einfältig“, erwidert er und lacht, als sie ihn missmutig ansieht. „Man verpasst damit viele Gelegenheiten. – Der Großherzog war beeindruckt von dir“, stellt er dann fest. „Was mich nicht verwundert.“ Er greift nach ihrer Hand, streichelt sie mit dem Daumen. „Ich bin stolz auf dich“, sagt er leise und zögert, um ihr dann mitzuteilen, dass er morgen abreise. „Der Großherzog gibt am Samstag in Badenweiler ein Abendessen.“ Er lässt ihre Hand nicht los. „Du weißt ja, es hält mich nie lange an einem Ort.“ Es klingt wie eine Entschuldigung. „Aber meine Versprechen pflege ich zu halten“, versichert er schnell.

Ein schwerer Duft legt sich plötzlich über ihre Gedanken, ein Duft aus Wärme, frisch gebackener Apfeltarte, Glück, karamellisiertem Zucker und Melancholie.

„Manche Sterne sollte man nicht vom Himmel holen“, sagt sie leise, „und unerfüllte Träume halten länger.“ Sie sieht ihn dabei an, als wolle sie mit ihrem Blick die feinen Linien um seine tiefen, braunen Augen nachfahren, diese Zeichen, die von seiner Lebensfreude erzählen. „Ich möchte den Traum von deiner Apfeltarte behalten."

„Ma déchirure", erwidert er sanft und zieht sie in seinen Arm.

„Meine Herzzerreißerin", hört sie nur, und seine Stimme streichelt ihren Nacken.

„Mir ist nicht gut", sagt sie auf einmal, und er spürt, wie sie schwankt.

„Schnell, Mutter", ruft Oliv, die auf einmal aus der Dunkelheit aufgetaucht ist, „Ihr braucht einen Kirschwasserwickel aufs Herz, das hilft immer." Sie läuft in die Küche und kommt gleich darauf mit einer voll getränkten Mullwindel zurück, die sie ihr auffordernd entgegenhält. Allein der Duft des Kirschwassers macht sie schon benommen. Nein, nein, das brauche sie nicht, wehrt Fanny ab, ihrem Herzen gehe es gut.

Es ist einer jener Morgen, an denen der Himmel mit Buttermilchwolken überzogen ist und niemand so recht weiß, wie sich der Tag noch entwickelt. Fanny sieht misstrauisch zum Himmel hinauf. Frühestens an Peter und Paul, spätestens Ende Juli möchten sie die große Heuernte einfahren. Mehrere Zweispänner sind dazu nötig. Jetzt, um die Zeit der Schafskälte, schneit es hier oben oft noch einmal, und ein paar Jahre bevor sie auf den Feldberg gekommen ist, hat es in den Sommern so geregnet, dass der Roggen am Ofen in der Stube getrocknet werden musste.

Die ganze Nacht hat sie Carl husten gehört.

Truffaut steht mit gepackter Tasche neben ihr vor der Treppe zum Feldberger Hof. Sie reden belanglose Dinge, als wollten sie die Zeit damit verlängern.

„Ich stricke an einem Schal für dich, aber er ist noch nicht ganz fertig“, sagt sie und lacht ein wenig verlegen. Er hat sich eine Zigarette angezündet und nimmt einen tiefen Zug.

„Ich bin zurück, bis er fertig ist“, antwortet er und streichelt ihr wehmütig mit dem Handrücken über die Wange, als glaube er selbst nicht daran. Ihr ist seltsam zumute. Sie sagt nichts. Ihr Vater fährt mit dem Hämmorhoidenwägele vor und schaut sie nachdenklich an.

„Ich weiß, dass du mich liebst“, flüstert Truffaut ihr zu, als er auf den Wagen aufsitzt, der ihn ins Wiesental hinunterbringen soll.

Fanny sieht ihm nach und fühlt sich elend.

Sie hat die ganze Nacht schwer geträumt, hat in goldenen Schuhen getanzt. Jemand ist dahergekommen und hat ihr einen davon ausgezogen. Sie hört eine Stimme, die sagt: „Fanny, vergiss nicht, was ich dir damals gesagt habe: Du wirst nicht eher sterben, bis du als alte Frau am Stock zur Kirche gehen wirst.“

Die Zigeunerin, fällt ihr jetzt ein. Damals in Basel, da war sie fast noch ein Kind. Jetzt, da Truffaut wieder gegangen und das aufregende Erlebnis des großherzoglichen Besuchs vorüber ist, fühlt sie sich alt und verbraucht. In letzter Zeit hat sie oft Kopfweh und Schmerzen im Unterleib. Und der Kaffee will ihr nicht mehr schmecken.

Es fällt ihr auf, dass es im Haus noch ganz still ist. Eigentlich sollten die Mädchen langsam aufstehen, denkt sie. Da sieht sie Oliv, Marie und Mineli eilig den Weg entlang auf das Haus zulaufen.

Sie zieht die Stirn hoch.

„Aha! Da sind unsere munteren Vögele! Verlassen einfach das Nest, ohne zu fragen“, sagt sie nur, und Oliv, Marie und Mineli wissen, was die Stunde geschlagen hat.

„Ich bin schuld", beichtet Oliv. In der Nacht sei ihr der Gedanke gekommen, sich in der Morgendämmerung zu diesem Friedrich-Luisen-Turm hinaufzubegeben und dort den Sonnenaufgang zu bestaunen, von dem die Gäste immer redeten. Sie hätten ja sonst nie die Gelegenheit dazu. Wenn sie rechtzeitig zur Arbeit wieder zurück seien, habe sie gedacht, könnte ja niemand etwas dagegen haben, und sie bräuchten auch nicht zu fragen. Und nun ist sie doch dahinter gekommen.

Fannys Augen sprechen Bände, diese Augen, die Armand an den geheimnisvollen Feldsee erinnern. Sie sagen mehr als Worte. Auf einen Blick aus diesen Augen hin leert Marie unversehens die Waschschüsseln aus, sieht nach den Nachttöpfen, tauscht die Handtücher aus und kehrt die Zimmer. Mineli fegt die Treppen und hilft Alfredo in der Küche.

Oliv versteht nicht, warum die Mutter heute so streng in die Welt schaut. Sie arbeiten doch meistens bis in die Nacht hinein, nähen aus Resten Bettvorleger oder flechten Strohzöpfe für neue Strohfinken. Die Mutter muss doch wissen, wie fleißig sie alle sind, denkt sie.

Es sind die feinen Leute der Oberschicht, die zur Sommerfrische auf den Feldberg kommen – Fabrikanten, Ärzte, Richter, Apotheker. Einem Ladenbesitzer, und sei sein Laden noch so groß, würde es nie in den Sinn kommen, zur Erholung oder zum Vergnügen länger zu verreisen.

Im Feldberger Hof ist in diesem Sommer kein Bett mehr frei. Die Saguins kommen sogar schon zum dritten Mal. Sie werden allseits bewundert und verehrt. Die Mädchen streiten sich darum, wer den Picknickkoffer für Madame Saguin herrichten darf – diesen Picknickkoffer, der mit seinen kleinen Mostkrügen, den Porzellantellern und dem Besteck mit Perlmuttgriffen eine kleine Sensation ist. Und Oskar plagt Monsieur Saguin nach Geschichten. Maurice Saguin ist in der Welt herumgekommen. Er kann aufregende Geschichten erzählen vom Meer und den Schiffen, die auf seinen Wellen aus Afrika kommen und in den Hafen von Toulon einfahren.

Die Schwarzwälder fangen an, sich an das Bild der flanierenden Kurgäste und Herrenmadamen zu gewöhnen. Doch ist ihnen nach wie vor Spazierengehen so fremd und lasterhaft wie Müßiggehen. Der rechte Schwarzwälder geht zur Kirche oder zu Besuch. Ansonsten hat er seine Arbeit.

Aber die Zeiten ändern sich. Unten am Titisee logieren schon länger ausländische Gäste, Vakanten aus Amerika, England, Frankreich, Italien, Russland und der Schweiz im »Bären« der Familie Gut, im »Titiseehotel« und im »Schwarzwaldhotel«.

Fanny rechnet damit, dass die Höllentalbahn auch unter den einfachen Leuten die Reise- und Wanderlust wecken könnte. Deshalb will sie bis spätestens zum Laurentiusfest den großen Schlafsaal mit den Heusäcken hergerichtet haben. Den Stoff dafür wird sie beim Kapferer am Freiburger Münsterplatz holen.

Von ihrem geplanten Besuch bei Professor Hegar erzählt sie niemandem. Über ihren Unterleib redet sie nicht einmal mit ihrer Schwester. Der Arztbesuch ist der eigentliche Grund für ihre Fahrt nach Freiburg. Er erscheint ihr unumgänglich. Die Schmerzen nehmen seit Wochen kein Ende mehr, und neulich musste sie sich, weil sie den Weg vom Herd zum Stuhl nicht mehr schaffte, mitsamt der Milchschüssel auf den Boden setzen, so elend war ihr.

Der Vater wird sie mit dem Chaisewägele bis zur Posthalde hinunterbringen, bei Henslers oder vielleicht bei Adlerwirts im Bärental eine Pause einlegen und so bis zum Abend wieder zurück sein.

Sie hat vor, bei Herrn Prißnitz in der Herrenstraße oder bei Apotheker Fries zu übernachten, der nun wieder nach Freiburg zurückgekehrt ist, nachdem er seine Apotheke in Zell im Wiesental an einen Apotheker Hiepe aus Dresden verkauft hat. Dr. Hiepe hat ihr neulich von den mittellosen Textilarbeitern in Zell und deren Bronchialleiden erzählt, die von den umherfliegenden Baumwollflusen herrühren. Er versuche sich an einer Rezeptur für ein wirkungsvolles Heilmittel aus Kräutern und Tannenhonig, ließ er sie wissen, und sie ist stolz darauf, dass sie dabei war, als der Kauf der Apotheke per Handschlag an ihrem Stammtisch getätigt wurde.

Sie könnte auch in einem der Freiburger Hotels übernachten. Aber dort wäre sie nur die kleine Wirtin vom Feldberg und das will sie nicht.

In dem Augenblick, in dem sie ihre Reisetasche auf das Wägele stellen will, steht plötzlich Madame Brosi breitspurig im vornehmsten Menzenschwander Staat, vor ihr und bittet darum, hä gell au, hä aber au, aufsitzen zu dürfen. Sie hat das Gustävle dabei. Ihr Büble habe einen Bandwurm, erzählt sie und dehnt das A so weit wie möglich, um Fanny die Länge dieses Ungeheuers zu verdeutlichen.

In der Postkutsche erzählt sie jedem, der neu zusteigt, dass sie, hä gell au, hä aber au, die erste Wirtin vom Feldberg sei, und die da, die neben ihr sitze, hinter ihr käme. Fanny kann es nicht fassen: Sie soll hinter Madame Brosi aus Hintermenzenschwänz kommen, der Frau des Herders, die die Menzenschwander Viehhütte betreibt und grade mal vom Viehauftrieb bis zum Viehabtrieb ihre Nachbarin ist. „Und das Büble hat einen Baaaaaaandwurm, dieses arme Büble!“, hört sie dann wieder, und die ganze Postkutsche kennt nun dieses Elend.

Madame Brosi erzählt es dem Ober im Innengarten des Kaffeehauses »Zum Kopf« zwischen Palmen und Zitronenbäumchen und dem guten alten Kapferer am Münsterplatz, der wie immer seine Mädchen scheucht, die beste Ware auszulegen, weil die Feldbergerhofwirtin einen so erlesenen Geschmack habe. Madame Brosi und ihr Büble mit dem Baaaandwurm verfolgen sie auf Schritt und Tritt. Wohin sie auch geht, sie gehen mit, hä gell au, hä aber au, und sind nicht mehr abzuschütteln.

In einer Stunde soll sie bei Professor Hegar vorstellig werden, was dem Wunderfitz der Madame Brosi sehr entgegenkäme. Fanny überlegt hin und her und führt die beiden in das nächstbeste Eisenwarengeschäft, in dem sie dem Gustävle ein Sackmesser kauft. Die Verwunderung der beiden macht es ihr leicht, sich von ihnen zu verabschieden.

„Wenn Ihr meinem Bruder eine Frau besorgt“, ruft ihr Madame Brosi noch hinterher, „bekommt Ihr den größten Bullen, den wir im Stall haben.“

Da müsste aber viel Glück ins Spiel kommen, denkt sich Fanny, dieser Bulle wird noch lang im Hintermenzenschwander Stall stehen.

Freiburg wird immer schöner, geht es ihr durch den Sinn, als sie am Rathaus vorbeikommt. Geschichten aus ihrer Kindheit fallen ihr wieder ein. In ihren Gedanken sieht sie den Wagen wieder vor sich, der Gäste zum Hotel »Zum Wilden Mann« fährt. Er hat die elegante französische Aufschrift »Au Sauvage«, und Fanny und Carl stehen am Straßenrand und rätseln darüber, was das wohl für Menschen sein mögen, die im »Sauwage« durch Freiburg fahren.

„Es wird keine leichte Operation", betont Professor Hegar, „ich muss einen Schnitt über den gesamten Bauch machen, und ich sag Euch ganz ehrlich, ich habe diese Operation erst zweimal durchgeführt. Euer Herz macht mir einen ziemlich abgeschafften Eindruck."

Diese Auskunft sitzt wie ein Schlag.

„Was mache ich mit dem Kind?", fragt sie zuerst.

„Es muss eine Lösung geben", antwortet er.

Sie denkt an den kranken Carl, die schwächliche Rosa, den Vater, die Mädchen. Und sie denkt an Armand.

„Du gibst diesem Haus die Seele", hört sie ihn sagen. Sie wird ihn nie mehr wiedersehen. Sie hängt trüben Gedanken nach.

Ein neuer Winter wird kommen, und er wird sie auf dem Feldberg oben wieder alle begraben, während sie hier unten auf dem Friedhof liegen wird, und der Schnee wird alle Gräber einander gleich machen. Es wird mit der Zeit keinen mehr kümmern, wer auf dem Feldberg hinter wem kam. Sie sei tüchtig gewesen, werden die sagen, die sie gekannt haben, sie habe sich aufgeopfert. Und dann wird man sie vergessen, als sei sie nie hier gewesen.

Einmal kommt dieser Tag halt, denkt sie, aber es ist noch so früh, andere Frauen bekommen in diesem Alter noch Kinder. Eines Tages vielleicht wird er zurückkommen, um nach ihr zu sehen, und sie werden ihm sagen, sie sei nicht mehr hier. Sie wird ihn nie mehr wiedersehen, nie mehr wird seine Hand ihre halten und mit dem Daumen streicheln. „Du bist blass“, hört sie ihn sagen.

Sie hat dem Knecht aufgetragen, das Wägele einzuspannen für den Bittgang nach Bernau zu Marie-Urs Bregger. Sie ist ihr nur einmal begegnet, an jenem unglückseligen Tag, an dem Verone tot auf dem Schraken lag und alle Bregger'schen Frauen heulten und jammerten.

Verone ist am 20. Oktober 1849 geboren, am 21. März 1851 folgte dann Marie-Urs, 1853 kam noch eine Elisabeth und 1854 eine Louise. Marie-Urs ist so alt wie Fanny, kinderlos mit dem Köpfer Fridolin verheiratet und wohnt in einem der stattlichsten und sonnigsten Höfe von Bernau, direkt unter dem Milchberg.

Fanny fällt ein Stein vom Herzen. Hier wird sich Oskar wohl fühlen. Nur ein paar Schritte dahinter steht das Bregger'sche Elternhaus, das dem Köpfer'schen in nichts nachsteht. Die beiden Höfe liegen wie von einer geschickten Hand an den Hang gestreut, mitten in eine grüne Wiese hinein. In ihrem Bauerngarten hat sich der Sommer breit gemacht und lauert auf die langen Tage. Die Pfingstrosen blühen schon, und wo sie in diesem Bernau hinsieht, sieht sie muntere Bäche und Quellen. Sie würde am liebsten ihre Schnürstiefel ausziehen und die Füße in das kühle Wasser tauchen.

„Jeremareie, auch das noch“, klagt Marie-Urs, als Fanny ihr von der Operation erzählt. „Reicht es denn nicht, dass die Mutter gestorben ist und der Vater ein Lungenleiden aus dem Krieg mitbringen musste?“

Marie-Urs ist blond und kleiner als Fanny und hat sich ihren eigenen Mann zum Kind gemacht.

„Geh“, sagt sie zu ihm, „zieh eine saubere Hose an!“ und verscheucht eine herumstreunende Katze.

„Ich hätte einen guten Posten für dich, Fridli“, sagt Fanny zu ihm. „Wenn du möchtest, kannst du den Sommer über den neuen Schlafsaal übernehmen, ich bezahle dich gut. Er müsste in zwei Wochen fertig sein, die Mädchen nähen Tag und Nacht die Heusäcke zusammen.“

Marie-Urs wirft ihr einen bösen Blick zu. Fridolin Köpfer kratzt sich am Kopf, als überlege er und schlägt dann schnell ein.

Marie-Urs hat in der Stube eine Fotografie ihrer Schwester in einem schmalen Silberrahmen auf der Kommode aufgestellt, aufgenommen in Lausanne. Wie unterschiedlich Schwestern doch sein können, denkt Fanny. Aufbrausend wie ein einnehmender, fordernder Frühlingssturm die eine, sanft und ausgewogen und gütig wie ein letzter milder Herbsttag die andere.

Sie solle die Fotografie nur stehen lassen, sagt sie, Oskar wisse, dass er zwei Mütter habe. Es wäre ihr lieb, sagt Fanny, Marie-Urs würde Oskar zu sich nehmen, falls sie die Operation nicht überleben würde. So müsse das Kind dann nicht bei fremden Leuten aufwachsen.

Die hat keine Ahnung von durchwachten Nächten mit einem kranken Kind im Arm, merkt Fanny, die kennt die Ungewissheit, die Nöte und die quälenden Ängste nicht, die nachts am Bettrand sitzen, wenn man nicht weiß, ob man am nächsten Morgen vielleicht seine Siebensachen packen muss. Aber sie ist freundlich und holt die schönsten Kaffeetassen aus dem Schrank, die mit den Streublümchen und dem Goldrand, ein Hochzeitsgeschenk der Tante Amalie selig.

Ach, du lieber Gott, denkt Fanny, als Marie-Urs mit der Kaffekanne in die Stube kommt. Sie hat in all den Jahren auf dem Feldberg vergessen, dass man im Schwarzwald immer noch diese Zichorienbrühe trinkt. Sie sitzt auf der Eckbank. Die Stube ist sehr hell, weil hinter ihr über die ganze Hauswand kleine Fenster eingelassen sind.

Die Schwarzwälder Sitte, sich bei einem Besuch mehrmals zum Zugreifen auffordern zu lassen, über die sie sich sonst immer ärgert, kommt ihr jetzt zugute. Natürlich nehme sie das Kind der Schwester in Obhut, sagt Marie-Urs, zumal ihr Mann ja auch noch sein Vormund sei. Sie solle jetzt doch zugreifen. Fanny graut vor dem ersten Schluck. Auf der Oberfläche der Tasse hat sich eine Haut gebildet. Zichorienbrühe mit Milchschlämpe, du lieber Gott, was kommt nicht noch alles. Sie würde die Haut gerne mit dem Kaffeelöffel aus der Tasse ziehen, aber Marie-Urs beobachtet sie genau, während sie miteinander reden. Anstandshalber nippt sie an der Tasse.

„Marie-Urs“, ruft Fridolin Köpfer plötzlich von draußen, und sie geht mit kleinen, energischen Schritten aus der Stube, um nachzusehen, was er denn so dringend wolle. Fanny öffnet geistesgegenwärtig eines der kleinen Fenster und schüttet dort die Tasse aus. Das Fenster steht noch offen, als Marie-Urs wieder hinzukommt.

„Ich habe in der letzten Zeit so oft Kopfweh“, erklärt Fanny und wehrt damit die zweite Tasse ab.

Sie plaudern noch dies und das, dann verabschiedet sich Fanny.

„Ich danke dir recht schön für den Kaffee“, sagt sie, und noch während sie Marie-Urs die Hand reicht, sieht sie, dass unterhalb des kleinen Fensters, auf der Laube, das Köpfer'sche Ehebett zum Lüften ausgebreitet ist, die rote Seite nach unten, die weiße nach oben. Und mittendrin steht die Zichorienbrühe mit dem Milchschlämpen.

„Fridolin", sagt sie zum Knecht, als sie wieder Menzenschwand zu fahren, „ich glaube, ich habe einen großen Fehler gemacht."

Der Knecht sieht sie ungläubig von der Seite an, als könne er sich das bei ihr nicht vorstellen.

„Doch, doch", fügt sie noch hinzu, „kleine Häfele sind schnell voll, weißt du." Er nickt.

Die Engländer kommen! Ihre Frauen tragen ausladende Hüte, und der Knecht führt sie auf dem Maultier spazieren. Ihr Teint ist auf natürliche Weise pfirsichfarben, sie sind groß und schön, haben Eleganz, und ihre Kleidersäume sind so makellos, als seien sie nicht zu Fuß gegangen, sondern unterwegs über die Pfützen geschwebt. Sie rühmen die frische Luft und die sonnigen Tage. Ihre Männer tragen Fräcke zum Abendessen, was neulich Schwarzwälder Naturburschen dazu verleitet hat, sie auszupfeifen. Dieses Thema wurde ausführlich in den Zeitungen diskutiert.

So sind die Schwarzwälder, denkt Fanny, während sie zwischen den Gästen herumgeht und ein Auge hat auf alles. In der Schweiz vergrößern sie die Alphörner um ein Vielfaches, um die englischen Gäste anzulocken, und im Schwarzwald werden sie ausgepfiffen! Sie beschließt, einen Empfangssaal mit offenem Kamin im englischen Stil zu bauen. Allerdings – die Operation wird viel Geld verschlingen, das weiß sie und sie denkt über das Angebot von Mr. Wells nach, ihm Barry für fünfhundert Mark nach Honolulu zu verkaufen.

Mr. Smith, ein englischer Botaniker, kann die Speisekarte nicht lesen und bittet um ihre Hilfe. Es gibt Zunge in Burgundersoße, doch ihr fällt das englische Wort nicht ein. Sie überlegt lange, bis sie dann die Zunge herausstreckt und auf sie deutet. Ah, Mr. Smith hat verstanden und lacht.

„Ich frage mich gerade, was du getan hättest, wenn es Schinken gegeben hätte", sagt Carl im Vorbeigehen.

Es ist schon wieder Laurentius. Sie hat versucht, die Operation noch etwas hinauszuzögern, eine kurze Zeit nur, vielleicht denkt er noch an den Schal, an dem sie gestrickt hat. Jetzt ist er fertig. Vielleicht kommt er noch rechtzeitig zurück, vielleicht kann sie ihn noch einmal sehen. Einmal nur noch. Carl und der Vater sind ungeduldig, verstehen sie nicht, und der erste Schnee wird die Fahrt in die Freiburger Klinik erschweren.

Mr. Wells sagt, er habe nur in der Wüste von Nevada die Sterne so lovely, so brightly, so wonderful gesehen wie hier auf dem Feldberg. Auf den Viehhütten ist Tanz. Der Himmel weint Laurenzitränen, und sie fühlt sich so allein.

Es kommt selten vor, dass sich zwei gleichartige Menschen begegnen, hat er einmal zu ihr gesagt, es ist das größte Geschenk, das das Leben machen kann und sein größtes Geheimnis zugleich. Sie sieht ihn wieder Äpfel schälen, sieht ihn den einen Apfel verkehrt herum halbieren, sieht den Stern, den die Zigeunerinnen den Stern der Erkenntnis nennen. „Gesundheit und ein langes Leben", hört sie ihn sagen, und seine Stimme ist so tief und warm wie die Farbe eines guten Cognacs.

„Winteräpfel", sagt sie leise und kann die Tränen nicht mehr zurückhalten.

Die Mädchen stehen im Dunkeln auf dem Balkon und sehen dem Schauspiel am Himmel zu. Sie wissen nichts von ihren Nöten.

„Laurenzitränen rutschen über den Himmel wie Regentropfen über die Fensterscheibe“, kommentiert Oliv die Sternschnuppen. „In Menzenschwand sagen sie Sternenschießen dazu, hat Alfredo erzählt“, fügt sie noch hinzu.

„Wünsch dir doch einen Kuss von Alfredo“, sagt Marie.

„Ich würde mir lieber einen Pudding wünschen“, beteuert Mineli, und sie kichern.

's chunnt alles jung und neu, und alles schliicht sim Alter zue, und alles nimmt en End, und nüt stoht still. Hörsch nit, wie's Wasser ruuscht, und siehsch am Himmel obe Stern an Stern? Me meint, vo alle rüehr si kein, und doch ruckt alles witers, alles chunnt und goht. Je, 's isch nit anderst, lueg mi a, wie d' witt.

Sie hat gehofft, er würde an diesem Abend hier sein, spätestens an diesem Abend.

„Gott zum Gruß, Freilein Fanny“, ruft ihr der Waldhüter durch die Dunkelheit zu. Er kommt ihr auf schweren Beinen entgegen.

„Waldhüter, Ihr seid's“, begrüßt sie ihn. „Kommt Ihr vom Laurenzifest oder wart Ihr bei Madame Brosi auf der Menzenschwander Hütte?“

Er stützt sich auf seinen Stock.

„Zu Euch kann ich ja jetzt nicht mehr gehen“, sagt er, „mit Verlaub, Ihr werdet meine Gesellschaft nicht mehr wollen, wo Ihr doch jetzt mit dem Großherzog verkehrt.“

Seine Zunge ist schwer.

Fanny fröstelt. Der Waldhüter sieht es. Er zieht seine Jacke aus und legt sie ihr um.

„Ich habe gesehen, wie er Euch die Hand geküsst hat, der Großherzog“, erinnert er sich.

„Kommt lieber mit hinein“, sagt sie und spürt wieder dieses Ziehen im Bauch, „kommt, bevor Euch noch der Denglegeist in die Irre führt heute Nacht.“

„Fräulein Mayer“, ruft da eine junge Männerstimme durch die Nacht, „wartet!“

Es ist ein junger Medizinstudent aus Freiburg, mit dem sie heute schon einmal geredet hat.

„Hättet Ihr nicht noch in einer Ecke ein Plätzchen für mich, der Schlafsaal hinter dem Hof ist belegt. Ich hatte schon geschlafen. Da hat mich der Köpfer Fridolin wachgerüttelt und mich aufgefordert, ich solle aufstehen. Es sei einer gekommen, der eine Mark bezahlt habe, ich hätte für meine fünfzig Pfennige lange genug geschlafen.“

Ma déchirure. Man kann dieses Wort nicht übersetzen, man muss es fühlen, dieses Getrenntsein; es ist, als sei ein Strick zerrissen, als wisse ein verwundeter Vogel, dass er nie mehr fliegen wird. Sie hat den Schal, den sie ihm gestrickt hat, weggeräumt. Sie hat ihre Reisetasche gepackt und gesagt, dass sie dramatische Abschiede hasse.

Die Nächte sind kalt geworden, und sie wünscht ihm Glück. Sie sollte die Tür jetzt endlich hinter sich schließen, denkt sie. Die Fallwinde drücken schon wieder den Rauch das Dach entlang, und der beißende Geschmack von Ruß und Melancholie liegt in der Luft. Die ersten Herbststürme jagen über den Feldberg, und der Trenkle hat seinen Turm dicht gemacht und ist nach Freiburg zum Überwintern.

Ihre Zeit ist um. Sie hat den Feldberger Hof zum bestgeführten Berghotel von ganz Baden gemacht, das Turmhotel ist im Rohbau. Sie hat dem Kind eine Existenz gesichert, komme, was wolle. Sie hat hier oben ihre Familie vereint, ist zahlreichen Mädchen Arbeitgeberin und Mutter gewesen, und jetzt ist sie müde, spürt ihr abgeschafftes Herz.

Gustav sei da mit den Kälbchen, hat ihr Mineli gesagt, er säße in der Kutscherstube und habe sich mit Zigaretten eingedeckt. Er wolle für das Kilo Fleisch sage und schreibe zwei Pfennige mehr als sonst.

Gustav ist der Metzger hier. Dass er der Bruder der Madame Brosi ist, kann er nicht verleugnen. Er hat dieselbe breite, kurze Stirn und meint ebenso, er sei ein wenig schlauer als die anderen Leute. Sie lässt ihn durch Oliv zu sich rufen.

„Ich gratuliere dir auch schön zum Geburtstag!“ Gustav sieht sie erstaunt an.

„Du hast doch Geburtstag heute, nicht wahr“, fährt sie fort. Gustav schüttelt mit offenem Mund den Kopf. „Ach so“, meint sie dann, „und ich hab gedacht, der hat heute Geburtstag und will ein besonderes Geschenk von mir, der will einen Preisaufschlag von mir zum Geburtstag.“

Gustav schluckt trocken. Er hat keinen Geburtstag. Aber sie hat ihr billiges Fleisch, und sie wird nächstes Mal wieder den Metzger Vogt aus Altglashütten nehmen, wenn es ein nächstes Mal für sie geben wird.

In Basel ist bald wieder Herbstmesse, denkt sie, und auf dem Petersplatz Häfelimärt und die Frau Pfister von der Schifflände hat bestimmt wieder einen neuen Hut, und das Albertli schlotzt Rahmtäfeli und steht sich vor der Rössliritti die Beine in den Bauch. Das Albertli? Ach, gewiss nicht mehr, kommt ihr auf einmal in den Sinn, es wird in den Jahren groß geworden sein. Wie die Zeit vergeht!

Sie hat die Freiburger Maler Luz und Weber damit beauftragt, Gedichte von Johann Peter Hebel in Verbindung mit der Pflanzenwelt des Feldbergs in Wandmalereien umzusetzen. Nun hat der Feldberger Hof da, wo früher Tannenreisig die nackten Fachwerkwände versteckte, Poesie und Malerei. Sie wollte doch noch Musik und Tanz auf den Feldberg bringen.

„Rosa“, sagt sie zu ihrer Schwester und hüllt sich enger in ihre Stola, „ich war nicht immer gerecht zu dir, verzeih mir. Weißt du, als große Schwester hat man es nicht immer leicht. Es tut mir Leid, hörst du.“

Rosa winkt ab. „Du holst dir noch eine Lungenentzündung hier draußen.“

„Rosa, es wird keine einfache Operation. Professor Hegar hat von einem Schnitt über den ganzen Bauch geredet“, sagt sie. „Es sieht nicht gut aus, es sieht nicht gut aus.“

„Auch Ärzte können sich täuschen“, erwidert Rosa.

„Es wird schon gut gehen.“

Fanny sagt nichts.

Sie hätte nicht immer so streng sein dürfen, denkt sie. Das Telegramm fällt ihr ein: Letzten Sommer waren die Mädchen bei der Familie Sauer in Unzhurst im Unterland zu Besuch und es hat ihnen so gefallen dort. Sie haben ein Telegramm geschickt, Rösli, Oliv und Mineli, und sie darum gebeten, noch einen Tag länger bleiben zu dürfen. Aber die Heuernte stand bevor. Sie hat Noldi den Auftrag gegeben, ein Telegramm zurückzuschicken mit den Worten: „Nix wird draus, kommt nach Haus.“

Jetzt tut es ihr Leid.

„Halte ein Auge darauf, dass alle die Fingernägel immer am Freitag schneiden“, bittet sie Rosa,

„damit kein Unheil an euch kommt, du weißt, die Mutter hat es uns schon aufgetragen, und sieh zu, dass Oskar eine gute Ausbildung bekommt, hörst du, lass ihn die französische Sprache lernen, sie ist die Sprache der Gastronomie, und sei mir freundlich zu den Leuten, wenn ich nicht mehr zurückkomme. Der Herr Hofrat will seine Brägele und der Herr Prälat Ofengeschichten, und die Ankenmarei und der Ankensalomon freuen sich auf eine Mehlsuppe. Ich lasse sie immer für die Hälfte des Preises übernachten, vergiss das nicht!"

Sie hält inne und sieht nachdenklich in den Himmel.

„Weißt du, wenn ich ja nicht immer so gespart hätte!", bedauert sie. „Wie oft bin ich in Freiburg vor einem Schaufenster gestanden und hätte mir gerne schöne Schuhe oder eine elegante Tasche gekauft …"

„Für was brauchst du hier oben eine elegante Tasche?", fragt Rosa verwundert.

„Pass mir gut auf das Kind auf und den Carl und den Vater, hörst du, Rosa!"

Rosa nickt. Aber Fanny ist mit ihren Gedanken schon wieder woanders. Sie wird Armand nie wieder sehen. Hätte sie ihn nur geküsst, ein einziges Mal nur.

Der Waldhüter kommt vorbei.

„Freilein Fanny", sagt er und verbeugt sich ein paar Mal. „Mit Verlaub, Freilein Fanny, ich hätte da noch etwas für Euch. Ihr werdet es brauchen können in Freiburg unten."

Er zieht langsam und bedächtig einen Rosenkranz hervor und drückt ihn ihr in die Hand.

„Waldhüter", sagt sie erstaunt, „seid Ihr auf dem Lindenberg gewesen?"

Er druckst herum.

„Nein“, sagt er, „es ist mein Rosenkranz. Der Karlivetter hat ihn mir zum Weißen Sonntag geschenkt.“

Fanny hält ihn wie einen Schatz in ihrer Hand.

„Aber das kann ich doch nicht annehmen, Waldhüter, das ist doch viel zu kostbar“, sagt sie.

Der Waldhüter legt seine Hände über ihre Hände und den Rosenkranz.

„Bei Euch ist er gut aufgehoben, Freilein Fanny, ich bitte Euch, Ihr werdet ihn brauchen.“

Er sieht sie lange an, als wolle er sich ihr Gesicht für immer einprägen.

Carl und Oskar sind bereit für die Fahrt nach Bernau.

„Ich will aber nicht zur Tante Marie-Urs“, schreit Oskar. „Dort riecht es so komisch.“

Er versucht verzweifelt, sich von der Hand seines Vaters loszureißen und sich an Fanny zu klammern.

„Mutter, ich will nicht weg von dir, du sollst hier bleiben, ich will nicht nach Bernau, Mutter, bitte bleib hier!“

Er hat seine Arme um ihre Taille geschlungen und weint. Sie streicht ihm über den Kopf, zeichnet ihm mit dem Daumen ein Kreuz auf die Stirn und weint mit ihm.

„Komm jetzt, komm!“, sagt Carl energisch. „Es hat alles keinen Zweck. Ich möchte wieder zurück sein, bevor es dunkel wird!“ Er zieht ihn mitsamt dem Koffer energisch von Fanny weg. Es bricht ihr schier das Herz, und sie hört ihn noch lange weinen.

„Mutter“, sagt Oliv mit tränenerstickter Stimme, „hier nehmt die Schaffelldecke, damit Ihr im Wägele nicht friert.“

Sie hasst dramatische Abschiede, hat sie ihnen gesagt, und nun stehen sie doch alle vor der Eingangstreppe des Feldberger Hofs und weinen. Man kann alles, wenn man will! Warum nimmt ihr Gott ihr jetzt die Kraft dazu? Jetzt, wo sie endlich ihre Aufgabe angenommen hat, wird sie einfach weggeholt. Sie, die ihr Leben lang darunter gelitten hat, verlassen zu werden, muss jetzt selber gehen. Doch sie wird ihn gehen, diesen Weg, egal, wohin er führt.

Es ist Advent geworden. Marie-Urs hat ihren Mann auf den Feldberg geschickt, Oskar tut nicht gut in Bernau. Er weint Tag und Nacht. Sie muss das Essen regelrecht in ihn hineinstopfen. Es wäre gut, wenn Rösli nach Bernau herunterkommen könnte, aber sie ist immer noch in der Nähschule in Basel. Carl beauftragt Noldi, ein Telegramm nach Basel zu schicken.

„Seht nur, Mayer“, sagt Noldi bei dieser Gelegenheit, „da ist ein Brief angekommen aus Honolulu, adressiert an die Feldbergmutter Fanny Mayer, Deutschland. Seht Euch das an: Feldbergmutter Fanny Mayer, Deutschland! Und er ist tatsächlich angekommen“, sagt er begeistert und wird dann plötzlich still. Ob sie ihn zu guter Letzt wird lesen können? Zumindest wird er lange hier liegen, dieser Brief.

Über Nacht hat es leicht geschneit. Vater Mayer schaufelt den Zugang zum Hof frei.

„Vater Mayer“, ruft ihm Oliv zu. „Marie und ich gehen nach Bernau hinunter, um dem Männi das Christkindli zu bringen. Ich habe ihm doch einen Schnitzwecken gebacken. Vielleicht isst er ja den.“ Vater Mayer sieht auf und nickt. Es wird dieses Jahr eine traurige Weihnacht geben.

„Gebt auf Euch Acht!“, ruft er ihnen nach. „Und wenn es so weiter schneit, bleibt in Bernau unten!“

Er weiß nicht, wie es weitergehen soll. Es sieht nicht gut aus in Freiburg unten. Man rechnet jeden Tag mit dem Schlimmsten. Fanny ist seit der Operation nicht mehr bei Bewusstsein. Sie werden ihr Morphium gegeben haben, denkt er, wie anders soll sie die Schmerzen aushalten.

„Vater Mayer“, sagt Mineli vorsichtig, „die Kartoffeln gehen bald aus, und wir haben nur noch zwei Paar Rauchwürste.“

Fanny hat ihnen aufgetragen, sparsam zu leben. Sie weiß nicht, ob ihr Basler Sparbuch die hohen Arztrechnungen decken wird. Er wird mit Carl unten in Menzenschwand Vorräte besorgen müssen, denkt er.

Alfredo beklagt sich, dass keiner seine Mehlsuppe möchte.

Es ist ein nasser Schnee, dieser erste Schnee. Vater Mayer dünkt die Schaufel so schwer, und der Nebel wird dichter. Die Mädchen sind unterwegs. Er hätte sie nicht gehen lassen dürfen.

Traurig schaut er in den trüben Himmel. Wenn er daran denkt, dass bald Weihnachten ist, wird ihm das Herz schwer.

Weihnachten haben sie hier oben in den letzten Jahren immer im Lichterglanz gefeiert. Alle haben sie in ihren Festtagskleidern um den strahlenden Christbaum herumgestanden und Weihnachtslieder gesungen. Sogar eine Krippe hatten sie, und für jeden von ihnen lag ein Geschenk und ein großes Lebkuchenherz bereit.

Nie hat Fanny jemanden vergessen, auch nicht die sieben Kinder der Balbine Kaiser aus Hinterzarten, die sie alle zur Taufe getragen hat. Jeden hat sie bedacht.

Und jedes Mal ist dann der älteste Knecht, der Böhler Fridolin, am Stephanstag mit seinem Geschenk wieder zu Fanny gekommen und hat gesagt: „Ich hab Werktagshosen und einen Sonntagstschoben, was brauch ich das Zeug da!" Nur die Socken und die Handschuhe, die hat er behalten. In dem Sonntagstschoben hat er sich dann fotografieren lassen, um Rösli einen Heiratsantrag zu machen, als ihr Vater in Bernau gestorben ist. Immerhin hat ihm Fanny lange Jahre die Lenzkircher Hütte anvertraut.

Er hat Rösli schon als kleines Mädchen gekannt und ist zur gleichen Zeit auf den Hof gekommen wie sie. Bei jeder Gelegenheit will er sie mit seinen Lebensweisheiten betören, die er aus dem »Hinkenden Boten« und anderen Bauernkalendern bezieht. Rosa Bauer und ihr Hof, das ist sein größter Traum. Sogar er, dieser Knecht aus Bernau, wird sie an Weihnachten sehr vermissen, denkt Vater Mayer, wenn er es sich auch nicht anmerken lassen wird.

Und wo me luegt, isch Schnee und Schnee,
me sieht ke Stroß und Fueßweg meh.

Am Nachmittag, als es schon anfängt zu dunkeln, klopft es an die Haustür des Feldberger Hofes. Die Menzenschwander Marie öffnet nur zögernd. Der wilde Jäger geht um und klopft überall an. Lässt man ihn ein, ergreift er Besitz von der Seele.

Sie erschrickt.

Armand Truffaut steht vor ihr. Stumm schließt sie hinter ihm die Tür. Der Flur ist dunkel. Marie weint und verschwindet in der Küche.

„Sie stirbt", sagt Vater Mayer zu ihm mit Tränen in den Augen.

Es sind die Schmerzen und diese unfassbare, dunkle Müdigkeit, die Fanny von allem, was sie liebt, trennen. Manchmal dämmert undeutlich das Gesicht eines Arztes oder einer Schwester vor ihrem Bewusstsein auf. Dann wieder erkennt sie an der Wand ein Kruzifix. Manchmal sieht sie mit einer mühsamen Bewegung des Kopfes die weiße, gestärkte Haube einer Schwester, die am Fußende des Bettes steht.

Wieder will das Dunkle, das Unheimliche, Unbewusste sie hinüberziehen.

Da wird auf einmal, es dringt ganz deutlich in sie ein, die Tür geöffnet, und die Stimme einer Frau fragt: „Lebt sie noch?"

Sie spürt: Diese Frauenstimme hat sie gemeint, sie, Fanny Mayer, die hier liegt mit Schmerzen und todmüde, und diese Frage durchbricht die Ohnmacht ihres Leidens, ihre Todesmattigkeit. Sie erkennt die dunkle Schwelle, an der sie steht. Wie von weit her wacht die Erinnerung auf. Das Kind fällt ihr ein, weiter fort der Vater, der Bruder, die Schwester.

„Armand!", ruft sie. Und sie beginnt um ihr Leben zu kämpfen. Sie will leben!

Sie steht Stunde um Stunde, Tag und Nacht Wache um ihr eigenes Leben.

„Herr, das kann nicht dein Wille sein", betet sie. „Herr, nicht um meinetwillen, erbarme dich!", fleht sie. Sie erhebt die Hand, die geballte Faust, und sieht zum Kruzifix an der Wand, wenn die Kräfte sie doch wieder verlassen wollen.

„Du aber lass mich leben!", ruft sie. Mein Gott ist stark, wer mit ihm reden will, muss starken Geistes sein, weiß sie, und sie verspricht, hinter dem Hof eine Kapelle bauen zu lassen, sollte sie jemals wieder zurück auf den Feldberg kommen.

„Wer hier oben besteht, der wird steinalt", hört sie den alten Trenkle sagen.

Zu Hause auf dem Feldberger Hof sind Oliv und Marie noch vor dem Dunkelwerden aus Bernau zurückgekommen.

„Der Hüglin will den Menzenschwandern das Köpflegebiet hinter unserem Hof abkaufen", erzählt Oliv aufgeregt. „Er will ein großes Hotel darauf bauen, der Salpeterer hat es Marie-Urs erzählt."

Der Salpeterer muss es wissen, er kommt weit in der Gegend herum, kratzt unter den Viehställen den Salpeter mühsam zusammen und setzt ihn mit lockerer Erde vermischt in Haufen der frischen Luft aus. Den aus dem ausgelaugten Gemisch gewonnenen Salpeter verkauft er an Apotheken oder Pulverfabriken. Der Salpeterer kennt das Geschwätz der ganzen Umgebung.

Carl und Fanny Mayer haben zwar auf weite Teile des Menzenschwander Geländes am Feldberg Vorkaufsrechte erwirkt, aber nicht für das Köpfle hinter dem Hof, auf dem der große Schlafsaal steht.

Die Menzenschwander wollen abwarten, habe Marie-Urs erzählt, denn sie wollen für das Gelände einen möglichst hohen Preis.

Armand Truffaut, der bei Vater Mayer und Carl in der Stube sitzt, mischt sich ein und sagt: „Wenn Ihr mich fragt, wendet Euch an Seine Durchlaucht, den Fürsten zu Fürstenberg. Vielleicht tritt er Euch Bauland ab, damit Ihr Euer Hotel noch weiter vergrößern könnt."

Vater Mayer und Carl sehen ihn an. Sie sagen nichts. Wenn jetzt nur Fanny da wäre.

Armand bleibt über Nacht. Marie hat ihm sein altes Zimmer gerichtet. Morgen will er hinunter nach Freiburg.

„Nein“, wehrt die Schwester mit der großen weißen Haube an der Pforte der Klinik in Freiburg streng ab, „Besuche sind derzeit nicht möglich, es sei denn für die allernächsten Angehörigen wie den Ehemann.“

„Einen Augenblick nur, ich bitte Euch“, sagt er leise.

„Auch nicht für einen Augenblick“, antwortet sie. „Die Patientin ist sehr schwach und hat starke Schmerzen.“

Sie schaut dem heruntergekommenen Fremden mit dem graumelierten Stoppelbart abschätzig hinterher. Er dreht sich noch einmal um.

„Wird sie überleben?“, fragt er.

Sie zuckt kühl mit der Achsel. „Das kann ich Euch nicht sagen“, antwortet sie. „Ich bin nicht der liebe Gott. Ihr könnt nur noch für sie beten.“

Mon cher amour, ma déchirure. Er bleibt noch zwei, drei Tage in Freiburg, nimmt sich ein Zimmer, geht vor der Klinik auf und ab, nur um in ihrer Nähe zu sein.

Waldhüter, jetzt seid halt wieder Ihr der Retter“, sagt sie außer Atem. Sie steht durchnässt und halb erfroren im Menzenschwander Hinterdorf vor ihm, und der Schnee versperrt ihr den Weg zum Feldberg hinauf. Wieder kommt sie von Albbruck her, dieses Mal mit der Postkutsche. Man hat sie auf ihr Drängen in Freiburg entlassen. „Heilige Muttergottes“, hat der Waldhüter bei ihrem Anblick gesagt. Er kann es nicht fassen, dass sie wieder den ganzen Umweg von Freiburg über Basel nach Albbruck machen musste, „heilige Muttergottes, wenn das nur gut geht.“ Doch was sollte sie tun? Am Freiburger Bahnhof sagte man ihr, die Höllentalbahn könne heute nicht mehr fahren, und als der Waldhüter nach dem Grund fragen will, winkt sie nur ab. Sie ist noch sehr geschwächt, aber dankbar für ein gewonnenes Leben. Sie sieht blass aus.

Valentin Mayer verschwindet im Haus und bringt einen Stuhl daher, den er mit einem Seil auf dem Schlitten festmacht. Dann bindet er sie auf den Schlitten und zieht sie mit größter Mühe das Mareieloch hinauf, an der donnernden, tosenden Alb entlang, von Schneewehe zu Schneewehe, durch den beißenden, eisigkalten Wind, der ihnen wie Nadeln ins Gesicht stupft.

„Ich weiß nicht, wie es ausgegangen wäre, hätte ich Euren Rosenkranz nicht gehabt“, beteuert sie, als sie unter großen Mühen vom Schlitten absteigt. „Jerenei, meine Beine wollen ja gar nicht, wie ich will.“

Valentin Mayer rät ihr, geduldig zu sein, und erinnert sie daran, dass sie drei Monate lang in der Klinik gelegen sei.

„Mutter, Mutter“, ruft ihr Oskar entgegen und schlingt seine Arme um sie.

„Mein Kind“, sagt sie immer wieder. „Mein Kind.“

Das Haus hat seine Seele zurück.

Nein, sagt Noldi, er habe keinen Brief für sie aufbewahrt. Er habe die Post immer ordnungsgemäß ihrem Bruder ausgehändigt, aber an sie persönlich sei außer dem aus Honolulu keiner adressiert gewesen, soweit er sich erinnere. Seine Durchlaucht, der Fürst zu Fürstenberg habe zugesagt, ihnen das gewünschte Stück Land zur Erweiterung des Hofs zu verkaufen, erfährt sie von Carl, und Armand sei hier gewesen und dann unverrichteter Dinge über Freiburg nach Baden-Baden abgereist.

Übermütig trippelt Oliv tags darauf zu dem kleinen, gefrorenen Teich und probiert die Schlittschuhe aus, die Fanny seinerzeit aus Basel mitgebracht hat.

„Was machst du da, Mädchen, was soll denn das geben?“, fragt eine Männerstimme, und als sie aufschaut, ist es der Herr Hofrat, der da hinter ihr steht.

„Du liebe Güte, Herr Hofrat, was macht Ihr denn um diese Jahreszeit auf dem Feldberg?“, fragt sie, „wisst Ihr nicht, wie gefährlich das ist? Sagt bloß, die Höllentalbahn fährt wieder! Da muss ja ein ganzer Berg heruntergerutscht sein.“ Der Hofrat winkt ab. So schlimm sei es auch wieder nicht gewesen, aber eigentlich wolle er sich nach dem Befinden von Fräulein Fanny erkundigen, sagt er etwas außer Atem. In Freiburg erzähle man sich, es stehe nicht zum Besten.

„Wenn das Fräulein Fanny wüsste, was du hier machst“, sagt er mit Missbilligung in der Stimme.

„Männer wie Ihr, Herr Hofrat“, antwortet Oliv keck, „müssen sich langsam daran gewöhnen, dass Frauen auch zwei Beine haben und damit wandern, schwimmen, Rad fahren und Schlittschuh laufen. Und mit Verlaub, Herr Hofrat, Frauen haben in der Regel die schöneren Beine.“

Es ist kalt. Er tänzelt auf der Stelle und reibt sich die Hände.

„Na ja“, beschwichtigt er, „solange du keine Hosen anziehst!“ Dann schüttelt er den Kopf. „Wenn Fräulein Fanny das wüsste“, sagt er wieder.

„Weiß sie doch“, antwortet Oliv. „Die Schlittschuhe gehören doch ihr. Geht nur hinein und fragt sie!“

„Sie ist wieder da?“, ruft er aus. „Warum hast du das denn nicht gleich gesagt? So eine Freude!“

Er stapft eilig auf den Hof zu.

Eines Tages stehen die Ankenmarei und der Ankensalomon wieder vor der Haustür. Im Winter sind die beiden eigentlich die einzigen Feldbergbesteiger. Sie kaufen in Hinterzarten und im Bärental den Anken auf und verkaufen ihn dann im Wiesental gegen Kaffee, Zucker und Zigaretten. Unterwegs kommen sie am Feldberger Hof vorbei. Außer ihrem gemeinsamen Handel haben sie nichts miteinander zu tun. Ihre einzige Konkurrenz ist die Dilgeri, und die verkauft das Pfund zwei Pfennig teurer.

Sie kommen auf Schneereifen, wie sie die Lappländer benutzen, und ihre Fracht tragen sie in Krätzen auf dem Buckel oder in Schlitzsäcken über die Schulter gelegt. Wenn der Schnee fast bis zum Knie reicht, stapft der Ankensalomon der Ankenmarei voraus, um den Weg zu bahnen. Dafür spendiert sie ihm dann im Feldberger Hof ein Viertele. Das ist ihre Abmachung seit Jahren schon, auch wenn die Ankenmarei ihren Geldbeutel lieber zwischen ihren Unterröcken lassen würde. Das ist ihre Abmachung, auch wenn der Ankensalomon lieber hinter der Ankenmarei hergegangen wäre, ihre stattliche Erscheinung im Blick.

Für Fanny kommt es jedes Mal einem Feiertag gleich, wenn die beiden vor der Haustür stehen, denn sie kommen weit in der Gegend herum und wissen alle Neuigkeiten. Fanny lässt dann die Kirschwasserflasche auf dem Tisch stehen, während sie miteinander reden.

Es wird für lange Zeit wieder ihre einzige Unterhaltung sein, und dieses Mal hat die Ankenmarei dem Ankensalomon zwei Viertele bezahlt, der Schnee reicht nämlich bis über die Knie.

„Wisst Ihr noch, Fräulein Fanny, der Herrentrunk?“, fragt er verschmitzt, und Fanny wehrt ab.

„Hört auf damit, Ankensalomon, hört bloß auf!“, sagt sie.

Sie erinnert sich noch gut an jenen Abend, an dem Adlerwirts aus dem Bärental mit dem Pferdeschlitten auf eine Partie Zego vorbeigekommen sind. Der Ankensalomon saß auch in der Gaststube, am Nachbartisch, schaute immer wieder wunderfitzig zu ihnen herüber und ließ sich mit Blick auf die vor ihnen stehenden Gläser darüber aus, dass die Herrenleute wohl kein schlechtes Leben führten. Er könne auch ein Glas haben, bot Fanny ihm an und mischte ihm zur Strafe heimlich ihr Abführmittel darunter.

„Du lieber Gott“, sagte er beim Versuchen, „ich hab gedacht, das Zeug schmeckt besser!“

Aber er trank es dann doch aus, und Fanny lauerte die ganze Nacht darauf, ob er wohl alle Stunde den Abort aufsuchen müsse. Doch am nächsten Morgen sagte er nur, dieser Herrentrunk sei schon etwas Gutes gewesen, er habe geschlafen wie ein Strohsack, und sie mache den besten Kaffee im ganzen Schwarzwald.

Beim nächsten Mal hat die Ankenmarei ihr erzählt, dass sie auf dem Weg ins Wiesental kaum eine Viertelstunde gegangen seien, als er stehen geblieben sei, die Krätze vom Rücken genommen und gesagt habe: „Ankenmarei, geh du voraus, ich komme gleich wieder!“ So sei es den halben Weg ins Wiesental hinunter gegangen. Immer wieder sei er stehen geblieben und habe gesagt: „Ankenmarei, geh du voraus, ich komme gleich wieder.“ Bis ihr der Kragen geplatzt sei.

„Das war miseel ein schöner Bschiss“, lacht sie heute darüber. „Zwei Viertele hab ich ihm gezahlt und dann hab ich erst noch selber bahnen müssen!“

Was musst du auch das Zeugs der Herrenleute trinken, habe sie ihn angeschrien. Das ist eh nichts für dich, also, lass in Zukunft die Finger davon!

4

Der Februar ist der schneereichste Monat auf dem Feldberg. Es hat schon Winter gegeben, in denen man an eine neue Eiszeit glauben wollte. Winter, in denen der Schnee meterhoch wuchs und man, wenn er festgefroren war, mit dem Schlitten über Viehhütten fuhr, ohne es zu ahnen, und Fanny wundert sich sehr, als es am Vorabend um Fasnachtssonntag, kurz nach Einbruch der Dunkelheit, mitten im Schneetreiben, an die Tür des Feldberger Hofes klopft.

Berta Bennez, ein Maidli der Adlerwirtin, steht fast zugeschneit vor der Tür. Sie trägt ihr Hab und Gut in einem Schlitzsack über dem Rücken und sieht sie flehend an.

„Mutter Mayer“, sagt sie bittend „nehmt mich zu Euch in Stellung. Ihr habt doch ein großes Hotel und könnt bestimmt noch jemand brauchen.“

Sie sei mit dem Knecht heraufgekommen, der im Adler unten Station gemacht habe. Der Schlitten habe gekracht und geschwankt, wenn er von der Höhe einer Schneewehe in schiefer Lage in die nächste Mulde hinunterrutschte. Sie habe versucht, die Stöße auszubalancieren, was fast nicht möglich war, da sie auf dem kleinen Hochsitz hinter dem Kutscher im Damensitz Platz nehmen musste.

Und dann, beim Winterweber, dem letzten Bauernhof vor dem Waldeingang, habe der Sturm so hohe Mauern angeweht, und plötzlich sei sie heruntergefallen. Sie habe aus Leibeskräften geschrien, aber der Knecht habe solch einen Dampis gehabt. Der habe nicht einmal bemerkt, dass sie weg war. So sei sie den restlichen Weg zu Fuß weitergegangen und bis zu den Knien im Schnee eingebrochen.

„Bitte, Mutter Mayer“, sagt sie noch einmal, „lasst mich bei Euch arbeiten!“

Fanny fragt nach Adlerwirts. Das seien doch rechte Leute, meint sie, und bei ihr hier müsse man auch zupacken. Berta Bennez ist den Tränen nahe. Die Wirtin stehe ihr immer mit ihren Holzschuhen auf den Fersen, damit sie noch schneller arbeite.

Fanny verspricht dem Mädchen, dass sie mit ihr reden wird.

„Oliv, setz noch einmal die Suppe auf“, ruft sie. „Mineli, richt noch ein Bett her, wir haben ja jetzt genug.“ Sie nimmt Berta den Schlitzsack ab und hilft ihr aus dem Mantel.

Das ist halt das Schöne am Winter“, lacht der Raimartibauer nach dem fünften Schorle in sich hinein, „man muss nicht um drei Uhr in der Früh schon die Schleusen aufmachen.“

Fanny sieht ihn von der Seite an. Er redet selten, und wenn, dann nur von der Jagd. Sie ahnt, warum es ihn an ihren Stammtisch zieht. Die Ehe sei in den meisten Fällen für die Liebe das Grab, vermutet sie.

„Raimartibauer“, sagt sie „meine Maidli möchten schon lange wissen, wieso Ihr sommers wie winters immer diese Lederschürze umgebunden habt.“

Er druckst herum. Das sei sein Geheimnis, sagt er, das verrate er nicht.

„Uns könnt Ihr es doch sagen“, meint sie. „Wenn Ihr es uns nicht sagt, dann fragen wir halt Euren Knecht.“ Er wiegt nachdenklich den Kopf hin und her.

„Das ist halt so eine Sache, gell“, fängt er mit schwerer Zunge an und alle lauschen gespannt. „Das ist halt so eine Sache. Wenn mich die Beine nicht mehr nach Hause tragen wollen, dann drehe ich die Schürze halt einfach nach hinten, sobald ich am steilen Hang beim Feldseebächle bin. Ich setz mich drauf und bin in Nullkommanix am Feldsee unten."

„Ihr müsst verrückt sein", sagt Fanny entsetzt. „Da riskiert Ihr ja jedes Mal Kopf und Kragen!"

Der Raimartibauer lacht und nickt.

„Verrückte sind wir hier oben doch alle. Ich für meinen Teil habe mich noch nie im größten Schneesturm mit einem Strick um den Bauch von Menzenschwand auf den Feldberg ziehen lassen."

Am Vormittag des Fasnachtssonntag traut einer der Knechte seinen Augen nicht. Er hat gerade die Zufahrt zum Hof freigeschaufelt und mit Oskar gescholten, weil der ihm einen Schneeball an den Kopf geworfen hat. Rösli hat gerade noch zum Fenster herausgerufen, wenn er Fasnachtsküchle wolle, solle er in die Stube kommen.

„Vater Mayer", ruft er, und Andreas Mayer kommt pfeiferauchend aus der Scheune heraus, um zu sehen, was es gebe.

„Seht Ihr auch, was ich sehe?", fragt der Knecht und reibt sich die Augen. Andreas Mayer nimmt vor Staunen seine Pfeife aus dem Mund. Alfredo öffnet aufgeregt das Fenster und gestikuliert wild um sich. „Je, Vater Mayer", ruft er, „musst du schauen, kommt ein Verrückter, weisch!"

Ein Mann auf langen, dünnen Holzbrettern, die vorne zu einem Schnabel gebogen sind, kommt auf sie zugelaufen. Seine Füße stecken in Pelzschuhen. Sie sehen ungeheuer arktisch aus. An seinem gewaltigen, schweren Rucksack hängen riesengroße Überziehsandalen aus dickem Leder mit doppelten

Sohlen und schwerster Benagelung. An den beiden Trageriemen vor der Schulter hängen massive Karabinerhaken mit zwei kleinen Eisenringen. Er trägt dicke naturfarbene Wollstrümpfe, die weit über das Knie reichen. Darüber bauschen sich Pumphosen aus steifem Loden mit vielen verschließbaren, vollgestopften Taschen, die mit Überfallklappen und Knöpfen versehen sind.

Über seine so eingewickelten Beine trägt der Mann noch steife, harte Gamaschen mit einem Vorderfuß aus zentimeterdickem Filz. Sie sind unter dem Knie mit Lederriemen befestigt. Über dem gefütterten ledernen Gehrock hat er Pulswärmer aus Pelz und dicke Fäustlinge, die bis zum Ellbogen reichen. Auf dem Kopf sitzt eine helmartige, graue Wollkappe mit Nackenklappe und Augenschirm, die er wie ein Visier über das Gesicht gezogen hat, so dass nur Schlitze für die Augen und den Mund bleiben. Darüber sitzt ein breitkrempiger Hut als Schutz gegen die Sonne, die er hier oben genauso fürchtet wie den Frost. Mit einem langen, eisenbeschlagenen Prügel stößt er sich ab, wie es Alfredo bei den Gondolieri in Venedig schon gesehen hat.

„Bonjour“, sagt der Mann freundlich und zieht sein »Visier« hoch.

Er muss auf diesen Brettern heraufgekommen sein, ohne einzubrechen.

„Jerenei“, ruft auf einmal Rösli, die aus dem Haus gelaufen kommt, „da macht doch tatsächlich hier oben auf dem Feldberg einer Fasnacht.“

Der Knecht kratzt sich am Kopf, betrachtet diesen fremdländischen Verrückten belustigt und fragt ihn dann, wo er denn bloß diese elend langen Sandalen herhabe.

„Du lieber Gott“, fällt ihm Rösli ins Wort, „da kommt noch einer.“

„Ihr seid recht waghalsig, Monsieur, bei so hohem Schnee hier heraufzukommen“, sagt Vater Mayer verwundert. „Ihr wisst, dass es eine Sünde ist, sein Leben so aufs Spiel zu setzen.“

Die beiden, die auf so abenteuerliche Weise den Feldberg erklommen haben, sind der in diplomatischen Diensten stehende Franzose Dr. Pilet aus Heidelberg und sein Freund, der russische Graf von Tissenhausen, der in dicken Pelz gekleidet ist und sich kaum noch bewegen kann.

Sie lassen sich von dieser Begrüßung nicht beirren. Sie sind einer großen Sache auf der Spur, wollen den elenden Winter nicht mehr in verräucherten Wirtsstuben verbringen, und sie sind nicht zum ersten Mal auf dem Feldberg. Sie sind mit der Höllentalbahn zum Titisee gefahren und von dort aufgestiegen. Sieben Stunden haben sie für den Aufstieg benötigt, sind, mit dem Kompass in der Hand und mit der immer wieder verlöschenden Laterne am Rucksackriemen, in der dunklen Winternacht umhergeirrt, stets mit der Sorge im Rücken, in die gefürchtete Scheidbach- oder Seebuckwächte zu geraten. Schließlich haben sie am Rinken übernachtet und sind dort wegen ihres sensationellen Fasnachtskostüms verspottet worden.

Der Franzose führt die Unterhaltung, der Russe steht lächelnd daneben.

Vater Mayer bittet die beiden, mit ihm in den Hof zu kommen, sein Sohn Charles und seine Tochter Fanny sprächen Französisch, und er interessiere sich für diese langen Sandalen. Seine Tochter brühe den besten Kaffee im Schwarzwald, erzählt er, und Fasnachtsküchle gebe es auch.

Sie schnallen sich diese Bretter ab, klopfen sie gegeneinander, um den Schnee zu entfernen, und stellen sie an die Treppe neben der Eingangstür. Vater Mayer, der Knecht und Rösli sehen ihnen dabei staunend zu.

„Das sind Schneeschuhe“, erklärt Dr. Pilet. „Sie kommen aus Norwegen. Dort nennt man sie Ski, das bedeutet –“, er sucht nach dem deutschen Wort – „Holzscheit.“

Ski, denkt sich Vater Mayer, Holzscheit, Schittli. Er fährt wunderfitzig mit der Hand über die Bretter. Die Schwarzwälder wird es in den Fingern jucken, wenn sie diese »Holzscheite« sehen, mit denen man durch den tiefsten Schnee gehen kann! Das Schnefeln und Tüfteln liegt ihnen im Blut, und sie haben die langen, schneereichen Winter hindurch ja genügend Zeit dazu.

Sie hätten diese Schneeschuhe schon in Norwegen ausprobiert, sagen die Fremden, als sie endlich in der warmen Gaststube sitzen. Und sie erzählen von Fritjof Nansen, der 1888 Grönland auf solchen Schneeschuhen durchquert hat in nur 42 Tagen, eine einmalige Pioniertat, eine Sensation, die in aller Welt Erstaunen ausgelöst hat. Ob sie noch nichts davon gehört hätten?

„Wir sind hier oben mehr als die Hälfte des Jahres lebendigen Leibes begraben“, entschuldigt sich Fanny. „Erzählt uns mehr davon, Monsieur“, bittet sie ihn, und der Franzose berichtet von Norwegen, von Telemark, vom ewigen Eis, von den Rentieren, die dort die Schlitten ziehen, und dem Buch, das dieser Nansen gerade über seine Expedition geschrieben hat. Er erzählt auch von seinen Reisen in die Mandschurei, seiner Mission in Island und von dem 4 000 m hohen Vulkan, den er in Guatemala bestiegen hat.

„Ich bin ein bisschen verrückt, Madame. Wie sagt man in Deutsch, ein Spinner“, beendet er seine Erzählungen.

„Da seid Ihr hier gerade richtig, Monsieur", anwortet Fanny lächelnd und prostet ihm mit einem Glas Gartenhägler zu. Die unverhoffte Unterhaltung kommt ihr sehr gelegen. Sie bestellt bei Alfredo in der Küche ein kräftiges Essen, die Herren seien hungrig nach der Anstrengung, und bleibt bei ihnen sitzen und fragt und lässt sich erzählen.

Das Mittagessen endet mit Pilets Eintrag ins Gästebuch, in dem er festhält, dass er heute, am 8. Februar 1891, mit norwegischen Schneeschuhen hier war.

Als Marie die letzten Reste von Bodenkohlrabi und Rinderbraten wegräumt, erhält Oliv den Auftrag, den beiden Herren die schönsten Zimmer herzurichten.

Am Nachmittag herrscht Aufregung im Feldberger Hof. Oskar hat plötzlich hohes Fieber und hustet. Rösli Bauer und Oliv springen mit Wadenwickeln hin und her.

Fanny sitzt die ganze Nacht an seinem Bett.

Dr. Pilet, dem die Aufregung nicht verborgen geblieben ist, erkundigt sich beim Frühstück nach Oskars Befinden.

„Sollte man nicht einen Arzt holen?", fragt er.

„Ich bitte Euch, Monsieur, im Winter kommt doch kein Arzt auf den Feldberg, nicht einmal bei Kindbettfieber", erwidert Fanny. „Die Wege sind metertief verschneit, das wisst Ihr doch selbst. Er würde sein Leben aufs Spiel setzen."

„Dann werde ich eben in der Apotheke Hilfe holen", schlägt er vor.

„Die nächste Apotheke ist in Todtnau unten, und der Abstieg ins Wiesental ist lebensgefährlich", wehrt sie ab. „Ich werde es nicht zulassen, dass Ihr Euch im Wiesental das Genick brecht."

Dr. Pilet lacht.

„Aber, Madame, ich bitte Euch, ich habe schon 4 000 m hohe Vulkane bezwungen, da werde ich doch ins Wiesental hinunterkommen."

Sie denkt an die Geschichten, die sich die Leute hier erzählen, denkt an den Denglegeist und den wilden Jäger. Keiner soll ihretwegen dort unten im Schnee begraben liegen.

„Monsieur", sagt sie, „Ihr kennt das Wiesental nicht. Mit diesen Brettern an den Füßen werdet Ihr die Abhänge hinunterstürzen."

Sie hat wegen dieses Wiesentals schon einmal einen Disput mit einem Franzosen gehabt …

„Ihr kennt meine Schneeschuhe nicht, Madame", lacht er wieder und zieht schon seine Lederjacke an. „Mit ihnen kann ich fliegen. Vertraut mir nur! Bis zum Nachmittag bin ich wieder zurück."

Sie steht an der Eingangstreppe des Hofs und sieht ihm nach, und sie kann es kaum glauben, wie schnell er aus ihrem Blickfeld entschwunden ist. Sie denkt an das Tischgespräch mit dem Großherzog. Er hatte Recht, das Verrückte liegt buchstäblich in der Luft. Wenn jeder diese langen Sandalen hätte, wären sie hier im oben im Winter nicht mehr so einsam. Aber vielleicht ist auch sie verrückt.

Seit dem späten Nachmittag haucht sie Gucklöcher in die Fensterscheiben, geht vom einen Fenster zum anderen, macht sich die größten Vorwürfe. Sie hätte ihn davon abhalten müssen, denkt sie. Aber sie kann doch nicht jedem, der ins Wiesental hinunter will, den Weg verbieten. Bei Armand konnte sie das Unglück noch abhalten, bei diesem waghalsigen Dr. Pilet musste es so kommen.

Den Berg hinunter sei es kein Problem, sagt der russische Graf, das ginge wie der Blitz, nur hinauf könne es natürlich schon dauern.

Es ist lang nach Mitternacht und er ist immer noch nicht zurück.

„Rösli", sagt sie mit einem neuen Wadenwickel in der Hand, „ich weiß nicht, was noch alles kommen wird, da liegt ein fieberndes Kind und dort draußen irgendwo erfriert vielleicht Dr. Pilet. Dieser Winter, dieser elende menschenverachtende Winter."

„Charascho", sagt der russische Graf, sie solle sich nicht so beunruhigen, sein Freund Pilet sei ein großer Abenteurer, er werde bestimmt bis morgen früh wieder zurück sein. Andernfalls werde er nach ihm sehen.

Sie sitzt wieder eine Nacht am Bett des Kindes, erneuert Wadenwickel, flößt ihm kalten Tee ein, legt ihm Schmalzwickel auf die Brust. Nebenan wälzt sich Carl im Bett und hustet. Als der Tag kommt, ist sie erschöpft und verzweifelt. Das Fieber ist immer noch nicht heruntergegangen.

Irgendwann am Vormittag hört sie vor dem Haus Geräusche. Dr. Pilet klopft den Schnee aus diesen seltsamen Brettern und lehnt sie gegen die Hauswand. Sie fliegt ihm entgegen.

„Hinunter ist es kein Problem, Madame", sagt er, als er ihr die Medizin übergibt. „Aber, oh là là, hinauf ist es ganz schön steil, dieses Wiesental!"

Ganz Todtnau sei seit seinem Besuch in der Apotheke in heller Aufregung, sagt er entschuldigend. Er sei wie ein Mondkalb bestaunt und zum dortigen Arzt, dem Dr. Tholus, geführt worden. Der habe ihm freundlich auf die Schultern geklopft und ihn zu seiner Rumpelkammer geführt, aus der er dann ein paar norwegische Skier herausgezogen habe. Er habe sie vor Jahren schon aus Norwegen kommen lassen, habe er ihm erzählt, nachdem er in der Zeitschrift »Der Tourist« davon gelesen hatte. Ihm, als Arzt, der im Winter zu seinen Patienten oft stundenlange, lebensbedrohliche Wege im Tiefschnee auf sich nehmen müsse, schien es das geeignetste Fortbewegungsmittel zu sein. Seine heimlichen Gehversuche mit diesem Gerät im abgeschirmten Garten seien aber bald an seinem Alter und seiner Körperfülle gescheitert, habe er ihm anvertraut.

Dieser Dr. Tholus sei ein interessanter Mann, ein alter Weltenbummler aus Westfalen, fährt Dr. Pilet begeistert fort. Er habe ihn mit in den »Ochsen« genommen, wo sich am Stammtisch junge Männer gerade über Nansens Buch von der Durchquerung Grönlands auf Skiern die Köpfe heiß redeten. Sie hätten Wurstsalat gegessen mit Brägele und Schorle dazu getrunken, eine sonderbare Zusammenstellung, wie ihm zunächst schien, aber es habe trefflich gemundet. Und obwohl er ihre seltsame Sprache kaum verstanden habe, seien sie sich einig geworden, am nächsten Sonntag in den Feldberger Hof zu kommen, um seine Schneeschuhe auszuprobieren. Und dann sei die Dunkelheit gekommen, und man habe ihm geraten, im »Ochsen« zu übernachten. Er hoffe, die Medizin bringe dem Kind jetzt die ersehnte Hilfe.

Fanny bedankt sich überschwänglich. Sie hat viele Fragen im Kopf, aber jetzt muss sie zuerst nach Oskar sehen und ihm die Medizin gegen das Fieber verabreichen. Die Wiesentäler, denkt sie und schüttelt den Kopf, sind mir vielleicht ein munteres Völklein. Die schaffen es am Ende, durch den Schnee heraufzukommen. Und während sie Oskar einen Löffel von der Medizin einflößt, beschließt sie, auf alle Fälle Wurstsalat und Brägele bereitzuhalten.

Als Oskar schläft, geht sie heimlich hinaus und inspiziert die Schneeschuhe an der Hauswand. Dieses interessante Gerät könnte ihr Leben hier oben gewaltig verändern, die Einsamkeit überbrücken, denkt sie, die Post befördern. Sie könnte darauf ins Bärental hinunterfahren zur Adlerwirtin auf eine Partie Zego, wenn die auch noch etwas eingeschnappt ist, weil Berta auf den Feldberger Hof weggelaufen ist. Das ist die Neuerung, von der der Großherzog gesprochen hat, denkt sie.

Plötzlich taucht Oliv weinend neben ihr auf.

„Was ist?“, fragt sie. „Hast du Heimweh nach dem Schauinsland?“

Oliv schüttelt den Kopf.

„Nein“, schluchzt sie, „Alfredo! Er, er … Es ist aus.“ Fanny geht auf sie zu und trocknet ihr mit dem Zipfel ihrer Schürze die Tränen.

„Hätt ich ihn nur nie geküsst, Mutter. Jetzt tut es umso mehr weh“, klagt Oliv.

„Blödsinn“, sagt Fanny. „Zuerst tut es einem gut, bevor es einem schlecht tut. Auf solch ein schönes Maidli wie dich wartet bestimmt noch ein anderer. Du gehst jetzt wieder in die Stube und lässt dir nichts anmerken, hörst du!“

Oliv nickt.

„Trag's mit Würde“, ruft Fanny ihr nach, und der Himmel ist schon wieder schwer beladen.

Mit Oskar geht es aufwärts, das Fieber geht zurück, kein Mensch hier kann sich vorstellen, wie erleichtert sie ist. Der Gedanke an eine heraufziehende Lungenentzündung hatte sich wie eine dunkle Wolkenwand über ihrer Seele aufgetürmt. Schon einmal hatte sie jemanden an sie verloren. Mit all der Pflege, die sie und die Mädchen ihm angedeihen lassen, ist es nur noch eine Frage der Zeit, bis er wieder ganz gesund ist.

„Ich weiß nicht, wie es ausgegangen wäre ohne Euch“, sagt sie zu Dr. Pilet.

„Und ohne die Schneeschuhe“, lacht der.

„Ich werd’s Euch ewig danken“, antwortet Fanny und bemüht sich, ihren beiden Gästen den Aufenthalt so angenehm zu machen, wie es um diese Zeit möglich ist.

Es wird schon dunkel, und ein Sturm fegt über den Berg, als es an die Tür des Feldberger Hofs klopft.

„Mayer“, ruft es draußen atemols, „Mayer, helft mir!“

Vater Mayer öffnet und sieht einen Mann völlig erschöpft und halb erfroren vor sich stehen. Er sagt, er sei der Breuer von Todtnau. Er habe eine Tour mit den Skiern des Doktors unternommen, und sein Freund, der Thoma Carl, sei mit Wasserstiefeln auf Schneereifen dabei, und beide seien sie in den Schneesturm geraten, und der Thoma liege verletzt am Zeiger vorne und könne nicht mehr weiter.

Carl, Dr. Pilet, der russische Graf und der Knecht machen sich sofort mit Laternen auf, den Verunglückten zu suchen.

„Diese Todtnauer“, jammert Fanny, „haben die denn in der Nacht nichts Besseres zu tun! Heilige Maria, Muttergottes, hoffentlich erfriert keiner dabei. Er wäre gewiss nicht der Erste, gell. Maidli, setzt die Suppe nochmal auf!“

Es ist ein verrücktes, faszinierendes und großartiges Vergnügen. Nie weiß man, wie, und selten auch, wo man im nächsten Augenblick im Schnee liegen wird.

Unter der Anleitung von Dr. Pilet üben die Bewohner des Feldberger Hofs das Skifahren. Sie stellen sich mit gebeugten Knien und herausgedrücktem Hinterteil auf die weit auseinander stehenden Bretter, nehmen diesen Prügel, den sie im Scherz Tiefseeforschungsstange nennen, als Balancierhilfe in beide Hände und strecken die Arme waagrecht nach vorne. Sie brüllen »Bahn frei« und sausen den Abhang hinunter. Wie weit, das kann vorher kein Mensch sagen, mal 10 Meter, mal 20 Meter, manchmal sogar noch weiter. Zum Bremsen lassen sie sich einfach fallen und hinterlassen tiefe Mulden im Schnee und sagen »Badewannen« dazu.

Manchmal lehnen sie sich auch auf den seitwärts eingesetzten Prügel, die Bretter laufen ihnen davon und sie fallen rücklings in den Schnee. Manchmal setzen sie sich auch darauf und reiten wie die Hexe auf ihrem Besen ins Tal, wobei der Stock den Schnee einen halben Meter tief umpflügt.

„Wenn das der Herr Hofrat sehen würde, Mutter, was Ihr hier macht", sagt Oliv.

„Mit Verlaub, ich trage keine Hosen", wehrt sich Fanny. Sie lacht und schüttelt sich den Schnee aus dem Kleid, an dem sich ein Saum aus Eiszapfen gebildet hat.

Skikurs nennt Dr. Pilet die Unterrichtsstunden, an die sich einige Todtnauer angeschlossen haben. Carl hat den Schreiner des Feldberger Hofs beauftragt, Dr. Pilets Schneeschuhe nachzubauen, und hat sich über Berlin ein paar dieser Bretter aus Norwegen kommen lassen, die er auch dem Maier Bläsi in Menzenschwand zeigt. Der Köpfer in Bernau sei auch schon am Tüfteln, erzählt ihm der. Dessen Sohn habe vor einem Bernauer Wirtshaus die Schneeschuhe einiger Norweger inspiziert, sei nach Hause gerannt und habe dem Vater gesagt: „Ich hab heut etwas gesehen, das könnte ein großes Geschäft werden.“

Carl und Fanny sind Feuer und Flamme. Carl will Schneeschuhe verkaufen und Wettläufe auf dem Feldberg veranstalten. Die ersten zehn Paar hat ihm der Köpfer, der bisher Krauthobel hergestellt hat, schon angefertigt, und Carl hat ihm angeboten, sie im Feldberger Hof zu verkaufen. Daraufhin hat der Köpfer ein Markenzeichen eingebrannt: »Ski Marke Feldberg«. Auch der Schreinermeister Bernauer in Todtnau hat schon ein paar Exemplare gebaut und erhält weitere Aufträge von Carl.

Förster, Briefträger und Ärzte aus der Umgebung fragen nach diesen Schneeschuhen, und mancher Schreiner und Schnefler holt sich bei Carl Maß und Muster.

Aber auch solche, die zur Ausübung ihres Berufes keine Schneeschuhe brauchen, interessieren sich für die seltsamen Bretter. Es sind meist Bergsteiger, Akademiker, bärtige Herren, die ihre Professorentitel unten in den Ebenen gelassen haben, Schnee- und Lawinenforscher, Freiburger Studenten, Fotografen und Kameramänner, die hier oben die ersten Stummfilme drehen.

Sie kommen Sonntag für Sonntag mit der Höllentalbahn und schinden sich von der Posthalde herüber den Rinken den Feldberg hoch. Nur die Nichtskönner nehmen den Schlitten vom Titisee aus.

Die meisten haben Schneeschuhe aus Nussbaum aus der Werkstatt des Freiburgers Joseph Fischer. Der hat die Bretter geschickt auf die für den Schwarzwald nötigen Formen und Maße gebracht und mit seiner Kennmarke »Renntierkopf« in großen Mengen hergestellt. Es heißt, er habe Aufträge aus der Schweiz und Frankreich.

Dr. Pilet führt Carl und Rösli und die Todtnauer jeden Schneesonntag auf Skitouren durch das Feldberggebiet. Und immer enden die Touren im Feldberger Hof.

Einmal, als sie schwer ausgerüstet die Obere Grafenmatt auf dem Weg zum Herzogenhorn hinaufsteigen, bleiben sie vor Staunen wie angewurzelt stehen: Ein Stück weit vor sich sehen sie einen Mann, eine merkwürdige Erscheinung, mitten im Winter, mitten im Schnee, mit Skiern an den Füßen, aber ohne Kopfbedeckung, mit bloßen Händen, mit weißem Kragen, eng anliegendem dunklem Rock und langen Hosen, ganz gewöhnlichen Stadthosen. Er trägt keinen Rucksack, hält in der rechten Hand ein dünnes Bambusstöckchen, und sieht aus, als wolle er einen Spaziergang machen.

Als er sie hört, dreht er um und fährt auf sie zu, doch reitet er nicht auf seinem Stöckchen und fährt auch nicht breitspurig in der Hockstellung. Er hat die Skier ganz eng nebeneinander, steht aufrecht, balanciert nur ein wenig in den Hüften und spielt dabei mit dem Stöckchen.

Er nähert sich ihnen lautlos, brüllt nicht „Bahn frei“. Er lächelt, obwohl er gleich mit ihnen krachend zusammenstoßen und im Schnee versinken muss. Einige Meter vor ihnen steckt er den rechten Fuß vor und biegt das Knie. Dabei legt er sich ein wenig auf die linke Seite, das Stöckchen beschreibt einen Kreisbogen in der Luft, eine Wolke von Schneestaub erhebt sich, verdeckt ihn bis zur Hüfte, und er steht neben seiner Abfahrtsspur. Er sagt nicht „Skiheil“, wie sich das gehört. Er sagt „Guten Tag“, und sein Tonfall klingt merkwürdig singend, fremd. Der Mann stellt sich als Barne Nilsen vor, beherrscht den Telemarkschwung und ist ein norwegischer Student. So also geht Skifahren.

Rosa Bauer aus Bernau ist die erste der Frauen, die mit Leidenschaft diese Telemarkschwünge übt. Dann findet auch Fanny Gefallen daran. Die Experten, die anfangs skeptisch überlegen, ob es sich überhaupt schicke, dass Damen sich dem Schneeschuhlaufen hingeben, und bezweifeln, dass ihre schwachen Kräfte dafür ausreichen würden, stellen zu ihrer Verwunderung fest, dass Gelenkigkeit mehr auf der Damen- als auf der Herrenseite anzutreffen ist und die Herren viel mehr zur Bocksbeinigkeit neigen.

Doch halten sie, was die geziemende Kleidung für die Damen anbetrifft, genaueste Richtlinien für unumgehbar. Es verletze das Schönheitsgefühl, sagen sie, habe keine sportliche Berechtigung und entspräche nicht den hygienischen Anforderungen, wenn die Jacke zu kurz sei. Dadurch würde das Hervortreten der etwas tiefer liegenden Körperpartie betont und es bildeten sich an dieser Stelle durch Rumpfbeugen Spalten, die allerlei indiskrete Wege für Blicke und Schnee frei ließen. Bei einer langen Jacke, so meinen sie, verschwänden die meisten dieser Übelstände. Sie müsse aber bis zum Schrittschluss reichen.

Die Skiläuferin müsse zwei Punkte im Auge behalten, liest Oliv aus den Vorschriften für gutes Benehmen: Die Haare müssten so fest sitzen, dass sie sich nicht leicht lösten, und sie müssten so angeordnet sein, dass sie sich ganz unter die Mütze bringen ließen, weil dies bei Schneefall unbedingt notwendig sei. Denn das schönste Haar – in Unordnung gebracht – mache aus holden Skigöttinnen die abscheulichsten Struwwelpeter.

Oliv und Rösli kichern. Aber Fanny empört sich. „Struwwelpeter!“, sagt sie ärgerlich. Eine Haarsträhne in ihrem Gesicht war Armand immer ein willkommener Anlass, sie ihr fürsorglich aus dem Gesicht zu streichen, denkt sie, und sie glaubt, seine Stimme zu hören. Ma déchirure.

Carl ist bei seinem Besuch in Menzenschwand auf Schneeschuhläufer gestoßen, die gerade für den Wettlauf übten, den er vor dem Feldberger Hof veranstalten will. Er hat sich kurzerhand an dem Menzenschwander Übungslauf beteiligt und den ersten Preis gewonnen, eine Kuckucksuhr. Der Kuckuck im Rucksack ruft während des Aufstiegs auf den Feldberg bei jeder heftigen Bewegung.

„Ich habe da noch eine Nachricht aus Menzenschwand", sagt Carl nach seiner Rückkehr hüstelnd, „und ich will sie nicht glauben, Fanny."

Es kann keine gute Nachricht sein, spürt sie. Sie setzt sich zu ihm an den Tisch und drängt ihn, endlich damit herauszurücken.

„Bei Schwarzlis", berichtet er, „hat man sich erzählt, der Koch des Großherzogs sei durch einen wild gewordenen Gaul ums Leben gekommen. Auf sehr tragische Weise."

„Nein", ruft sie aus, „nein! Das kann nicht sein, hörst du, das kann nicht sein!"

Sie ist blass und zittert und wankt zur Stubentür hinaus.

„Nein", hört Carl sie noch schluchzen, „nein."

Ich weiß, dass du mich liebst, hat er noch gesagt, als er auf das Wägele gestiegen ist, und sie hat ihn ohne Antwort fortgehen lassen.

Armand. Sie sieht ihn noch bei ihrer ersten Begegnung im Flur stehen, hört seine zögernden Schritte über dem Holzboden verhallen, hört sich, wie sie ihn in einem kühlen Ton sein Gepäck abstellen heißt und Marie beauftragt, den Knecht hereinzurufen. Sie sieht ihn, wie er sich durch den Lederriemen seiner großen Umhängetasche zwängt. „Ein paar Tage noch“, hört sie sich sagen, „und wir werden hier wieder lebendig begraben.“

Sie hoffte damals insgeheim, dass dieser Satz die seltsame Gestalt zu einem schnellen Weitergehen veranlassen möge.

„Wartet in Basel ein Mann auf Euch?“ Sie sieht seine tiefen, dunklen Augen ganz nah, die feinen Linien, die sie umspinnen und von seiner Lebensfreude und vom Lachen erzählen.

„Du gibst diesem Haus eine Seele“, hört sie ihn flüstern. „Ich weiß nur: Da, wo du bist, da ist das Leben, da ist Wärme.“ Er zieht gedankenverloren an seiner Zigarette und bläst den Rauch in den Sternenhimmel hinein.

Dann steht er wieder an ihrem Herd, das Küchentuch in den Hosenbund gesteckt, hantiert mit ihren Pfannen und Kasserollen, als wäre er in diesen vier Wänden geboren, lässt die Messer tanzen, und Thymian und Majoran durchstreifen ihre Sinne.

„Ein guter Koch“, sagt er, „liebt seine Pfannen. Er reibt sie nur mit einem Tuch aus.“

Sie spürt seine Hand, wie sie nach der ihren greift, wie sein Daumen ihren Handrücken streichelt.

„Ich war noch nie so nah am Himmel“, hört sie ihn flüstern.

„Die Äpfel“, sagt sie mit trockenem Hals und einem Anflug von Lächeln, „ich habe sie absichtlich aufgebraucht.“

„Ich weiß“, sagt er.

„Ihr habt mir noch eine Apfeltarte versprochen, Monsieur!“, flüstert Fanny. Sie steht die lange Nacht durch am Fenster, sieht durch die geschlossenen Augen den Schnee leise vom Himmel fallen und streicht mit den Fingerspitzen über seinen grauen, gestrickten Schal mit dem Barthaar und weint. Armand.

Carl hustet Tag und Nacht.

„Sag dem Herrn Hofrat, ich hätte Kopfweh und könne nicht kommen“, bittet sie Oliv. „Rösli, geh du mit Oskar zum Schneeschuhwettkampf.“

Und dann steht sie doch am Fenster. Es wimmelt von Schneeschuhläufern am Seebuck: Eine wenige Meter breite Bahn ist mit Seilen abgesperrt. Längs der Seile ziehen sich zwei schwarze Linien dicht gedrängter Zuschauer hinunter. Etwa in der Mitte der Bahn ist der aus Kisten, Tannenreisig und Schneewürfeln erbaute und mit Schnee bedeckte künstliche Sprunghügel, ein etwa zweieinhalb Meter hoher, auf der steilen Fläche aufsitzender Vorsprung.

Ein schrilles Pfeifsignal ertönt. Etwa dreißig Meter oberhalb des Sprunghügels erscheint ein Skiläufer auf der Bahn, gleitet in rasendem Tempo herab, über den Sprunghügel und hinaus in die Luft. Oskar! Es ist Oskar!

„Männi!“, ruft sie durch die Fensterscheiben und hält vor Entsetzen die Hand vor den Mund.

Einen Augenblick lang scheint er aufrecht mit schwach abwärts geneigten Schneeschuhen in der Luft zu stehen, dann fällt er rapide und schießt, ohne dass man eigentlich den Punkt sehen kann, wo er wieder auf die Bahn gekommen ist, in kniender Stellung mit zur Balance ausgebreiteten Armen hinab zur Talsohle.

Dann kommen andere, weniger Glückliche. Die meisten stürzen und kullern als wirbelnde Masse in einer Schneewolke hinab. Oskar hat gewonnen, ihr Oskar. Neunundzwanzig Meter!

Carls Hustenanfälle werden immer schlimmer, seit sie den großen Neubau gewagt haben, der viel Unannehmlichkeiten mit sich gebracht hat. Weil der größte Teil davon auf Bärentaler Gemarkung steht, fühlte sich die Gemeinde Menzenschwand benachteiligt, und der Bürgermeister sperrte von heute auf morgen die unentgeltliche Abgabe von Bausteinen und Sand, die sie dringend benötigt hätten.

Fanny und Carl mieden darauf hin die Menzenschwander Geschäftsleute und Handwerker, wohlwissend, dass die Verdienstverluste befürchten und sich hinter Carl und Fanny Mayer stellen würden. So zwangen sie die Gemeinde zum Nachgeben.

Im Feldberger Hof stehen nun 135 Fremdenzimmer mit 230 Betten zur Verfügung, und die beiden Speisesäle können 500 Gäste aufnehmen, und es ist alles ein bisschen unübersichtlicher als anderswo, die Gemarkungsgrenze Bärental-Menzenschwand zieht sich durch das ganze Hotel.

Wenn es nach dem Arzt ginge, wäre Carl längst im milden Klima von Lugano. Auch Fanny würde gerne einmal verreisen, etwas anderes sehen: Baden-Baden vielleicht oder Paris oder Nizza. Würde gern frei sein von den täglichen Verpflichtungen. Sie war viel zu lange hier oben, kennt die Freiheit nur vom Wind und von einem, der einmal hier war und den es nie lange an einem Ort gehalten hat. Die Kräfte gehen ihr aus, und ihre Schwester Rosa kränkelt.

Oskar ist noch zu jung, um den ganzen Betrieb übernehmen zu können. Weil dieser Hüglin immer noch sein Grand Hotel auf dem Köpfle hinter dem Hof plant, das ungefähr zwei Millionen Mark kosten soll, hat sie ihm den Feldberger Hof samt Kapelle, das 120 Personen umfassende Personal mitsamt

Sportarztpraxis, Bäckerei, Metzgerei, Friseursalon, Schreinerei, Schlosserei, Malerei, das Turmhotel, das Hotel am Rinken und das Hotel zur Jägermatte zum Kauf angeboten.

Es schneit, als man sich zur Bestandsaufnahme in der Hebelstube einfindet, die sie regungslos über sich ergehen lassen will, wenn ihr auch das Herz dabei blutet. Es schneit, als wolle sie der Himmel an jene schneeschwangeren Nächte erinnern, in denen sie sich durchrang, hier zu bleiben. Sie ist ebenso wie Hüglin selbst und die ihn begleitenden Herren aus gegebenem Anlass ganz in Schwarz gekleidet.

Dieses Haus hat Oskars erste Gehversuche gesehen, seine ersten Wörter gehört. Die Nacht fällt ihr ein, in der sie mit Armand und dem Waldhüter im Schneesturm um den Bruder bangte. Seit diesem Abend haben Äpfel und Wehmut für sie denselben Geschmack. Sie sieht Armand durch ein Glas Rotwein in ihr Gesicht sehen. Der unvergleichliche Duft des Hasenbratens zieht ihr durch die Gedanken, diese seidig glänzende Soße, die über seinen Teller fließt, und sie sieht diese fremden Herren in Schwarz peinlichst genau ellenlange Listen abhaken.

„Es wird Zeit, dass diese Weiberwirtschaft ein Ende findet“, hört sie einen von ihnen zu Hüglin sagen, „und dieser alte Herd ist das Erste, was wir rauswerfen.“

Dieses besondere Exemplar von einem Herd war all die Jahre ihr Ehrenplatz. An diesem Herd hat sie die glücklichsten Stunden ihres Lebens verbracht, hier ist sie in die Kunst des Kochens und des Lebens eingeführt worden, hier hat sie unbeschwert gelacht wie nie zuvor und niemals mehr danach. Hier war sie durch all die Jahre hindurch die Hüterin des Feuers.

„Verlasst mein Haus, ich bitte Euch“, fordert sie Hüglin und die Herren in Schwarz plötzlich in knappem Ton auf. Hüglin sieht sie an, als sei sie von allen guten Geistern verlassen.

„Habt Ihr nicht gehört?“, fragt sie nach, als er nicht darauf eingehen will.

„Ich lasse mich doch nicht von einem Weib hinauswerfen, ich bitte Euch“, lächelt er herablassend.

„Wer anderes als ein Weib sollte Euch aus einer Weiberwirtschaft hinauswerfen“, gibt sie ihm zur Antwort, geht mit forschem Schritt an ihm und seinen Begleitern vorbei und reißt die Tür auf. „Bitte schön, die Herren“, ruft sie laut.

Widerstrebend und mit verständnislosen Gesichtern gehen Hüglin und seine Begleiter hinaus. Sie lässt mit voller Wucht die Tür ins Schloss fallen, holt die Weihwasserflasche und die Kirschwasserflasche aus dem Schrank. Das Weihwasser wird das Haus von Hüglins Gedanken reinigen, das Kirschwasser ihrer Seele Luft machen. Faisant Dure, das beste Restaurant in Paris fällt ihr ein, aufgebaut von Escoffier. Faisant Dure, hart erarbeitet. Auch sie hat zu hart für all dies hier gearbeitet, als dass sie es einem Hüglin übergeben würde.

„Ich mache weiter“, sagt sie am nächsten Tag zu Carl. Seit gestern weiß sie, dass sie durchhalten wird, bis Oskar alles übernehmen kann.

Isch echt do obe Bauwele feil?
Sie schütten eim e redli Teil
in d' Gärten aben und ufs Hus;
es schneit doch au, es isch e Gruus;
und 's hangt no menge Wage voll
am Himmel obe, merki wol.

In solchen Augenblicken sieht sie ihn immer noch

auf die Schaufel gelehnt an seiner Zigarette ziehen und Löcher in den Schneehimmel starren, und irgendwie ist er immer noch bei ihr. Und irgendwie ist der Feldberger Hof zu einem Vorort von Paris geworden, Armand würde staunen. Gestern sind die Männer mit den riesigen Kameras wieder angerückt, um diese bewegten Bilder zu machen, von denen der Großherzog ihr damals erzählte. In ihrem Schlepptau bringen sie allerhand Verrückte mit sich, Tänzerinnen und Schauspielerinnen, und lassen sich am Stammtisch feiern.

„Guten Morgen, Herr Professor, Eure Ski sind gewachst“, ruft sie und klopft ans Barometer.

Herren in grünseidenen Westen und himbeerroten Hosen drängen sich geschäftig mit ungeheuer wichtigen Mienen durch die Menge des mittleren Skivolks in das Skizimmer, um der Welt zu zeigen, dass sie eigentlich hier zu Hause sind und in den anderen nur hergelaufene, geduldete Skibarbaren sehen.

„Es ist noch nicht so lange her, da haben mich hier alle ausgelacht, wenn ich von Zitronen erzählt habe, weisch“, stellt Alfredo fest und drückt eine Zitrone nach der anderen aus, um das Getränk herstellen zu können, nach dem die Skifahrer ununterbrochen verlangen.

Sie nennen es »Usdruckete«, ausgedrückte Zitronen, heißes Wasser und viel Zucker. Um es ins Skizimmer zu tragen, müssen die Mädchen an dem neu eingerichteten Sofaplatz zwischen dem Klavier, der Drahtkommode und dem Buffet vorbei. Sie kichern, wenn sie feststellen, dass der Vorhang leicht zugezogen ist und vermuten Frau van Overbeck, eine reiche Holländerin und Gönnerin ewiger Studenten dahinter.

„Das macht der Feldbergbazillus“, sagt dann Fanny entschuldigend. „Unser Herrgott hat eben eine große Menagerie beieinander. Hier oben packt es jeden einmal, den einen so, den anderen so.“ Sie hat Armand nie geküsst. Sollte sie ihm je auf der anderen Seite des Lebens begegnen, wird sie alles nachholen, in alle Ewigkeit nur noch küssen.

Carl hat sich Rentiere aus Norwegen kommen lassen. Manchmal spannt er sie vor den Schlitten.

Viele Gäste kommen auch vom Wiesental her mit der Schmalspurbahn Zell-Todtnau, die an die Bahnstrecke Basel-Zell angeschlossen ist, und wundern sich über das bunte Menschengewoge hier oben, in das sie mit einem Mal geraten.

Auf dem Seebuck, vor der Tür des Hofes, findet Sonntag für Sonntag der Jahrmarkt der Eitelkeiten statt.

Die Männerwelt trägt schottisches Tuch, giftgrüne, weit gebundene Kniggerbockers, um sich vom gewöhnlichen Skifahrervolk abzuheben, kadmiumgelbe Jacken, dunkelviolette neapolitanische Fischermützen, weiße Hemden mit offenem Schillerkragen und um die Lende geschlungene seidene Schärpen, die für eine poetische Note sorgen sollen.

Professor de la Camp aus Freiburg hat ganze Pakete Aufzeichnungen und Flaschen ausgeschiedener Ingredienzien im Büro abgestellt, die er später mit nach Freiburg nehmen will. Zusammen mit drei seiner Assistenten hat er die Teilnehmer am 15-Kilometer-Dauerlauf vor dem Start und sofort nach der Rückkehr auf Herz und Nieren geprüft, um eventuelle organische Veränderungen mit der kühlen Unerbittlichkeit objektiver Forschung festzustellen.

„Die Wissenschaft befindet sich bis jetzt in einem Zustand gebildeter Hilflosigkeit“, klärt er Fannys Freundin Luise auf, die sich am Küchentisch bei einer Tasse heißem Kaffee aufwärmt und das Treiben zwischen Büro und Küche verfolgt. Zwar sei er der Meinung, dass ein einziger Sonnentag im glitzernden Schnee und der reinen Bergluft und die Heiterkeit der flinken Bretter das Herz des Menschen mehr erfreue als der berühmte Wein in der Weisheit Salomos und viele Doktoren und deren Medizin überflüssig mache, doch wolle er herausfinden, ob das Glück im Schnee und mancher Sieg nicht zu teuer erkauft werden.

Fanny schält gedankenverloren zwei große Äpfel und ist froh, dass der Professor Luise unterhält. Er erzählt ihr, dass Fanny im Feldberger Hof eine wissenschaftliche Untersuchungsstation habe einrichten lassen, um an Hand seiner Auswertungen die nützlichen und schädlichen Wirkungen starker körperlicher Sportleistungen beim Skilauf festzustellen. Luise sieht Fanny bewundernd zu, wie sie an ihrem Herd steht, diesem Monument der Gastlichkeit, und zwei ofenfeste Förmchen buttert, die sie dann mit Zucker ausstreut. Sie hat die Kerngehäuse entfernt und dabei darauf geachtet, dass sie nicht die Bodenseite durchstößt. Sie füllt die Äpfel mit Schweizer Kondensmilch, etwas Zitronenschale, Zimt und einem Hauch Nelkenpulver und setzt sie in die beiden Förmchen, gibt dann Ankenflöckchen darüber und einen Schuss Sherry, den ihr die Engländer mitgebracht haben, und steckt sie in den Ofen.

Diese Jubelrufe und diese alemannische Stimmung, die bei dem Skifest herrschen, sind überwältigend“, sagt Luise, „und der Humor, mit dem dein Bruder diese Menschenmasse bewegt, beeindruckt mich."

Sie nimmt einen Schluck aus der Tasse und lobt den guten Kaffee. Es ist eiskalt draußen, der Himmel blank gefegt. Oliv kommt mit hochroten Backen in die Küche geeilt und richtet Fanny aus, dass sich der Männi heiße Schokolade wünsche.

„Das hättet Ihr sehen sollen, Mutter", erzählt sie begeistert. „Manche sind gesprungen, manche sind ja nur gehüpft, waren zittrig und verzagt in der Luft", berichtet sie Fanny von dem, was draußen gerade vor sich geht. Zwischendurch seien aber immer wieder Läufer gekommen, die so souverän und gelassen über die Schanze hinausgesprungen seien, dass man nicht anders als von Fliegen reden könne. Das Herz gehe einem dabei auf.

Sie nimmt auch einen großen Schluck Kaffee und wärmt sich an der Tasse die Hände.

„Ihr hättet diesen kleinen Tröndle aus Neustadt sehen sollen, Mutter", sagt sie mit funkelnden Augen durch den Kaffeedampf, „so sinnig und kühn ist er gesprungen, fast geflogen."Fanny betrachtet sie aus den Augenwinkeln. Es ist das alte Lied.

De bisch no jung; Närsch, ich bi au so gsi,
jez würd's mer anderst, 's Alter, 's Alter chunnt.

Fanny holt die Bratäpfel aus dem Ofen. Ihr Duft erfüllt die ganze Küche.

„Es sind Winteräpfel", hört sie ihn leise sagen, als sie die Förmchen auf ein Holzbrett stellt, „sie reifen sehr spät, der Frost schadet ihnen nicht. Man behauptet sogar, dass sie, wenn sie gefrieren, noch schmackhafter werden."

Seine Stimme, merkt sie, hat sie all die Jahre nie verlassen. Diese dunkle Stimme, sanft und rau zugleich. In der die ganze Welt mitklang, die ihr immer den Nacken entlang fuhr und dann Gänsehaut auslöste. Sie seufzt. Keiner von denen, die nach Armand hier heraufkamen, hatte jemals nur annähernd diese Stimme. Sie hat sie gelehrt, mehr dem Ohr zu vertrauen als dem Auge.

Gestern Abend ist Rösli ganz aufgelöst in die Hebelstube gekommen und hat berichtet, dass der Knecht ein französisches Millionärsehepaar im Schlitten vom Titisee mit heraufgebracht habe. Der Herr und die Dame seien eigens wegen des Rennens von Frankreich angereist und trügen lange, dicke Pelzmäntel, richtige Millionärspelzmäntel, die am Titisee schon bestaunt worden seien. Die Kinder hätten heimlich hinter ihrem Rücken über den Pelz gestreichelt und die Alten hätten im Stillen geschätzt, wie viel Montürle und Tschoben sie sich für einen solchen Mantel wohl kaufen könnten.

Und sie, das Rösli, die der Balbine Kaiser in Hinterzarten in Fannys Auftrag eine Linzer Torte vorbeigebracht hatte, habe gar nicht gewusst, wie sie sich hinsetzen sollte im Schlitten. Der Monsieur habe sich nämlich in seiner Millionärspose richtig breit gemacht. Er habe zuerst kein Wort gesprochen, sei nur überwältigt gewesen von seinem Mut, in der dunklen Vollmondnacht mit einem Schlitten durch den Schwarzwald zu gleiten. Die Madame sei noch recht jung, erzählte Rösli, hübsch, aber viel zu stark gepudert. „Comme en Russie“, habe sie geschwärmt, es sei hier wie in Russland. „Comme en Sibérie“, habe sie der Monsieur verbessert. „Oui“, habe sie darauf gemeint, er habe Recht, es sei hier wirklich wie in Sibirien. Daraufhin habe er sich an Rösli gewendet und in gebrochenem Deutsch gefragt, ob es hier

Wölfe gebe. Rösli habe ihm versichert, dass er da keine Sorge zu haben brauche. „Und Italiener?“

„Nein“, habe Rösli darauf geantwortet und dann gleich an Alfredo gedacht. Und als er fragte, ob die Bevölkerung hier gefährlich sei, habe sie ihm zu verstehen gegeben, er habe von den Italienern und den Schwarzwäldern nichts zu befürchten, worauf er sich zufrieden zurückgelehnt habe. Dann habe er mit großer Geste seine Taschenuhr herausgezogen und habe angefangen zu dichten, aber sie habe kein Wort davon verstanden.

Die Madame sei anders, die habe ganz leise ein Lied gesummt, berichtete Rösli, ein Marienlied, das sie von ihrer Mutter in Bernau noch kenne. Und als sie ihnen dann im Feldberger Hof, wie allen Gästen, das Fremdenbuch vorgelegt habe, habe der Monsieur eingetragen: Mr. und Mme. Legrand, Strasbourg, Paté de foie gras en gros. Paté de foie. Sie habe es doch gleich gesehen, dass dieser Herr ein Paté de foie, ein französischer Graf sei, sagte Rösli. Nur Grafen trügen solche Mäntel.

„Dummes Zeugs, Rösli“, hat sie dann gelacht, „das wird ein Gänseleberpastetenhändler sein.“

Sie werde noch dahinterkommen, was es mit diesem Monsieur auf sich habe, aber sie solle sich ein für alle Mal merken, dass ein geistvoller Mann nicht immer in feinem Tuch daherkomme.

„Da ist noch ein Fleck“ sagt sie zu Marie, die im Nebenzimmer Rotweingläser poliert, „wie soll man da auch durch das Glas sehen können“ und hält die anderen gegen das Licht.

Mutter, Mutter“, ruft Frieda und stürmt herein, „ich soll Euch sagen, der Schlitten mit dem Gepäck der Schokoladenprinzessin ist eingetroffen.“

Prinzessin Feodora ist die jüngste Schwester der Kaiserin Auguste Victoria. Sie hat ihren Namen bei einer Wohltätigkeitsveranstaltung einer berühmten Schokoladenfabrik zur Verfügung gestellt. Sie kommt schon im dritten Jahr auf den Feldberg und bringt den Mädchen kistenweise Schokolade mit. Frieda kennt die Zeiten nicht mehr, in denen Äpfel den Winter über das einzig Süße waren.

„Ach ja, Mutter", sagt Frieda dann noch im Hinausgehen, „da hat noch so ein alter, bärtiger Geselle nach Euch gefragt, ein Landstreicher wohl, ziemlich heruntergekommen. Ich habe ihn wieder fortgeschickt. Namen wollte er mir keinen nennen. Er hinkt. Ich weiß gar nicht, wie der hier heraufgekommen ist."

„Wie oft habe ich euch schon gesagt, ihr sollt niemanden fortschicken", schimpft sie.

Nun ist sie also auch schon so weit wie die Menzenschwander Marie, die immer noch auf einen wartet, der nie mehr kommen wird. Sie hält inne, um zur Besinnung zu kommen und geht dann durch die Empfangshalle zur Haustür hinaus, um etwas aufzuatmen. Ein kalter Luftzug weht ihr entgegen. Er ist tot. Vielleicht haben sie ihm damals auch erzählt, sie würde nicht überleben. Er ist tot. Aber sie hat das Glück gehabt, ihm begegnet zu sein, diesem Mann, der sich in der Welt auskannte und sich auf die Liebe verstand. Herrgott, sie hätte ihn küssen sollen. Sagt sie nicht selbst immer, zuerst tue einem etwas gut, bevor es einem schlecht tue?

Sie sieht die Menschentrauben am Seebuck und kann Carl und den Waldhüter unter ihnen erkennen. Nachher wird es in den Speisesälen und der Hebelstube wieder großen Andrang geben und alle werden wieder zuerst über ihren vielgerühmten Apfelkuchen herfallen.

Warum es hier Apfelkuchen gibt, weiß außer Oskar niemand. Ihm hat sie aufgetragen, diese Tradition weiterleben zu lassen, wenn er den Hof einmal übernehme. Seinen Sieg müssen sie gebührend feiern, schießt es ihr durch den Kopf. Mein Gott, ihr Männeli, ihr Kind, dieses zarte, blasse Kind, das sich an ihrem Finger festgehalten hat, damals, in der einsamen Stube. Er wird nach dieser Anstrengung ausgehungert sein. Sie hätte damals Barry nicht nach Honolulu verkaufen dürfen, geht es ihr auf einmal durch den Sinn, und es tut ihr in der Seele Leid. Aber im Nachhinein ist man immer gescheiter.

Sie hüllt sich in ihre wollene Stola ein. Paris will sie noch sehen, bevor sie stirbt, wenn auch einer dieser Kameramänner behauptet, Paris sei nicht mehr die Wintermetropole Europas, alle Welt fahre jetzt in die Berge zum Skifahren. Sie wird sich in eines jener Pariser Caféhäuser setzen und Chocolat maison und Roten Chinon bestellen und keiner wird ihr dann sagen können, sie solle auf ihre Galle achten, das alles täte ihr nicht gut. Sie wird daran denken, wie sie Armand in jener verzweifelten Nacht auf der Ofenbank Konfidenzen gemacht hat, wie sie ihm ihr Leben erzählt hat. Nie wieder hat jemand etwas über sie erfahren. Carl hatte Recht, als er ihr neulich im Streit vorhielt, sie sei eine sentimentale alte Kuh geworden. Am Ende wird es ihr wirklich noch so gehen wie der Menzenschwander Marie, denkt sie auf dem Rückweg zur Haustür, die Liebe und dieser Berg, sie machen aus Menschen Verrückte.

„Hatte ich Euch nicht prophezeit, Madame", meint sie gehört zu haben, und diese Stimme trifft sie wie der Blitz, „zwei wie wir sind geboren zum Überleben?"

Auf der Granittreppe unter dem Dachvorsprung zieht einer an einer Zigarette. Sie steht wie gelähmt. Er dreht sich um, tritt seine Zigarette im Schnee aus und lächelt verlegen, als ihn ihr Blick trifft. Es sind nicht Armands Augen. Diese dunklen, warmen Augen mit den feinen Linien, die ihr von Lebensfreude und vom Lachen erzählten und diese tiefe Sehnsucht hinterlassen haben, die sie nun Trugbilder suchen lässt.

Dört obe jagt e wilde Jäger, weisch?

Zwei wie wir sind geboren zum Überleben. Er wird immer hier sein, denkt sie. Er wird in ihr überleben. Sie spürt, wie seine Hand zittert, als er damit nach ihrer greift und sie mit dem Daumen streichelt. Sie friert. „Hab Nachsehen mit einem wie mir“, hört sie, als sie am offenen Kamin in der Eingangshalle vorbei geht. Die Holzscheite knistern und krachen. „Mon amour, ma déchirure.“ Es ist, als wisse ein verwundeter Vogel, dass er nie mehr fliegen wird.

Als Fanny Mayer dreißig Jahre später, ein halbes Jahr vor ihrem Tod, an Weihnachten 1933 ein Radio geschenkt bekommt, sucht sie zuallererst den französischen Sender.

Epilog

Alle hier beschriebenen Personen haben, bis auf Armand Truffaut und Alfredo, tatsächlich gelebt. Diese beiden sind frei erfunden.

Fanny Mayer, als Franziska Henriette Mayer am 8. April 1851 in Freiburg im Breisgau geboren, starb am 9. Juni 1934 auf dem Feldberg im Alter von dreiundachtzig Jahren. Wegen der Weissagung der heimlich in Basel aufgesuchten Zigeunerin weigerte sie sich zeitlebens, trotz Gicht und Schmerzen in den Knien, einen Stock zu benutzen.

„Sie lebte gütigen Herzens und klugen Geistes, eine fürsorgende Mutter, allen ein Vorbild.“ So steht es auf der Gedenktafel an der Kapelle geschrieben, die sie als Versprechen für ihre Genesung erbauen ließ.

Man erzählt sich bis heute von der unbeschreiblichen Herzensgüte, mit der sie jeden, der in ihre Nähe kam, in ihren Bann zog. Auffallend viele Männer sollen ihr auf dem Freiburger Friedhof die letzte Ehre erwiesen haben, wo sie an der Seite ihres Bruders Carl begraben liegt.

Carl Mayer verwand den frühen Tod seiner jungen Frau zeitlebens nicht. Als schwerkranker Mann zog er mit Fanny in ihren gemeinsamen Alterssitz hinter dem Feldberger Hof um. Vom Frühjahr 1908 an verschlimmerte sich sein Zustand so sehr, dass er den Feldberg verlassen musste, um in Kliniken in Lugano, Heidelberg, Freiburg und Bonn Linderung zu suchen. Eine Rückkehr auf den Feldberg war ihm nicht mehr beschieden. Infolge einer Herzschwäche starb er nach einer Operation im Dezember 1909.

Oskar Mayer übernahm dann den Feldberger Hof und führte diesen in Zusammenarbeit mit seinem Freund Albert Schladerer, einem weltgewandten und renommierten Hotelier aus Staufen, zu Weltruf.

Im Jahre 1929 ließ er am Karl-Egon-Weg zum Feldsee Tennisplätze anlegen und ein Familienbad mit einer Planschwiese für Kinder und sammelte wichtige Erfahrungen im Engadin und anderen Winterkurorten, bevor er im Jahre 1936 den Neubau des Feldberger Hofs errichten ließ. Manche der Fremdenzimmer stattete er mit Himmelbetten aus.

Der Feldberger Hof unterhielt neben einer ausgedehnten Landwirtschaft eine hauseigene Metzgerei, Bäckerei, Wäscherei, Schreinerei, Malerwerkstätte, Schlosserei, eine elektrische Werkstätte, eine Skireparaturwerkstätte mit Skiverleih, eine Arztpraxis sowie ein Postamt und einen Friseursalon. Der Feldberger Hof galt als Deutschlands größtes Berghotel. Zu seinem Besitz zählten später noch das Turmhotel, das Hotel am Rinken und das Gasthaus Jägermatte, die heute alle nicht mehr bestehen.

Oskar Mayer war ein großer Schweiger, doch verliehen ihm seine Sachkenntnis, sein klares und sicheres Urteil auch im öffentlichen Leben bedeutenden Einfluss. Als erster deutscher Skispringer beteiligte er sich an Wintersportveranstaltungen in der Schweiz und errang dabei den ersten Preis für den weitesten und schönsten Sprung.

Im Jahre 1907 kam Paula Leendertz mit ihrer Familie, Krefelder Seidenfabrikanten, auf den Feldberg. Noch bevor Oskar sie heiratete, brachte er ihr das Skilaufen bei. Oskar wurde Vater von drei Töchtern: Erika, Veronika und Christa. Veronika übernahm, zusammen mit Albert Schladerers Sohn Werner, den Feldberger Hof und führte ihn bis 1974 weiter.

Oskar Mayer starb 1949 auf einer Geschäftsreise im Krankenhaus von Achern an einem Schlaganfall.

Andreas Mayer waren insgesamt 20 Jahre auf dem Feldberg vergönnt. Vier Tage vor seinem Tod fuhr er noch mit seinem Schlitten ins Bärental und nahm ein paar Freiburger Skiläufer, die im aufgewehten Schnee nicht mehr weiterkamen, gastlich im Schlitten auf.

Rosa Bauer, das Rösli aus Bernau, Oskars erstes Kindermädchen, wurde von Angestellten und Gästen als »Tante Rosa« geliebt und verehrt. Ihr unterstand ein großer Teil des Personals. Sie nahm bei allen geschäftlichen Feiern einen Ehrenplatz ein. Sie gilt als erste Skiläuferin des Schwarzwalds und wurde von der Großherzogin Luise im Feldberger Hof mit dem silbernen Verdienstkreuz geehrt. Sie starb hoch geachtet mit 92 Jahren in Bernau.

Prinzessin Feodora, die jüngste Schwester der Kaiserin Auguste Viktoria, der Frau von Kaiser Wilhelm I., war über viele Jahre Gast im Feldberger Hof. Sie verbrachte dort immer mehrere Wochen.

Der Großherzog sollte übrigens Recht behalten. Das 19. Jahrhundert wurde zum Jahrhundert der Bewegung. Am 1. Mai 1905 wurde der Automobilverkehr Basel-Todtnau-Feldberg dem Betrieb übergeben. Am 11. September 1913 morgens um 6.30 Uhr setzte der junge Fluglehrer Artur Faller aus Schönau im Wiesental aus dem Elsass kommend mit einem Aviatik-Doppeldecker in der Nähe des Bismarck-Denkmals auf und landete damit einen neuen Weltrekord in Berglandungen.

Zwischen 1920 und 1930 erteilten Aktive der Skizunft Feldberg am Feldberger Hof Skiunterricht, allen voran der aus Zell im Wiesental stammende Severin Messerschmidt und Albert Thoma aus Hinterzarten, der Vater der Schwarzwälder Skilegende Georg Thoma.

Skiunterricht fand bald auch in den umliegenden Gemeinden statt.

Der Denglegeist machte dem Feldberggeist Platz, wie man den Kameradschaftsgeist der Schwarzwälder Skiläufer bezeichnete. Die Todtnauer Skisportler gründeten 1891 den ältesten noch bestehenden Skiclub und ernannten Dr. Pilet zu dessen Ehrenmitglied. Sie schufen das erste Skiclubabzeichen und die erste einheitliche Skibekleidung. Vom Feldberger Hof aus versorgte ein Nachrichtendienst die großen deutschen Zeitungen mit Wintersportnachrichten.

Schon bald nach der Geburt des Skisports dachte sich der Schwarzwälder Tüftler, Bauer und Gastwirt Robert Winterhalder vom Schneckenhof in Schollach den ersten Skilift aus. Er konnte sogar von den zahlreichen Rodlern mitbenutzt werden.

Der Feldberger Hof war Drehort für die ersten Ski- und Bergfilme. Das 1919/1920 entstandene Erstlingswerk »Das Wunder des Schneeschuhs« von Dr. Fanck als Regisseur und dem Freiburger Sepp Allgeier lief drei Jahre lang am Broadway; die Mitwirkenden waren knochenharte Burschen.

Im Jahr 1920 wurde die Berg- und Sportfilm GmbH Freiburg gegründet. Zu Dr. Fanck und Sepp Allgeier gesellte sich bald Luis Trenker. Er drehte unter anderem 1926 mit Fanck und Allgeier nächtliche Filmszenen beim Feldberger Hof.

Worterklärungen

Ankemodel
Butterform

Ankenhafen
der Anken ist die Butter; im Schwarzwald »der« Butter genannt. Der Ankenhafen ist demzufolge das Gefäß, in dem die Butter aufbewahrt wird (blaues Steingut).

Brägel
Bratkartoffeln, die in der Pfanne, der Schweizer Rösti ähnlich, zu einem Kuchen geformt werden; im Schwarzwald früher mit Zichorienkaffee Frühstück und Abendessen zugleich.

Buscheli
Säugling, Kleinkind

Chäsformen
Formen zur Käseherstellung

Cheibehunger
ein Cheib, mittelhochdeutsch keib, ist ein Unhold, das Wort ein verbreitetes Schimpfwort.
Cheibe- ist eine Bekräftigungsvorsilbe, ein Cheibehunger demnach etwa ein Riesenhunger.

Dampis
Rausch

Finken
Hausschuhe
Zu Fanny Mayers Zeit soll ein Verkäufer namens Fink diese Fußbekleidung auf dem Freiburger Wochenmarkt verkauft haben; seitdem tragen Hausschuhe im Schwarzwald seinen Namen.

Gustvieh oder *Schmalvieh*
Jungvieh

Hä gell au, hä aber au
eine alemannische Bekräftigungsform

Hans was Heiri und Heiri was Hans
Es ist eben der eine was der andere, will heißen, die Männer sind doch alle gleich.

Heckerwegli
Auf seinem Zug von Konstanz nach Kandern überquerte Hecker mit seinen Freischärlern am 17. April 1848 den Feldberg mit den Zielen Menzenschwand und Bernau. Sie berichteten von einem sehr beschwerlichen Marsch durch tiefen Winterschnee, Schnee- und Hagelsturm über steile Berge und tiefe Schluchten. Ihre Wagen mussten, um nicht in die Tiefe zu stürzen, von den Männern gestützt und gehalten werden.

Herder
Hüter

Hurnigeln
das Prickeln an Fingern, Ohren oder Zehen, wenn man aus der Kälte in die Wärme kommt

Jeremareie, jerenei
alemannisches Affektswort des Staunens

Mareieloch
Aufstieg von Menzenschwand zum Feldberg an der Menzenschwander Alb entlang.
Ein Mädchen namens Mareie (Maria) soll hier abgestürzt sein. Beim Anblick des steilen Weges kommt einem das alemannische Affektswort des Staunens »jeremareie« (Jesus und Maria) in den Sinn.

miseel
bei meiner Seele. Alemannisches Bekräftigungswort

Montürle
Anzug

Rosenkiechli
ein in Fett ausgebackenes, mit Puderzucker bestreutes Gebäck in Form einer Rose; gibt es heute noch auf dem »Häfelimärt« auf dem Petersplatz während der Basler Herbstmesse

Rössliritti
Karussell

Schlumbergerli
eine besondere Basler Brötchensorte

Schnefler
Kübler, Küfer, Löffelmacher, Hersteller von Gebrauchsgegenständen aus Holz

Schorle
Mischgetränk aus Wein und Wasser; Schorle weiß-sauer mit Mineralwasser, Schorle rot-süß mit süßem Sprudel

Stierenaugen
Basler Ausdruck für »Ochsenaugen«, Spiegeleier
Weil Fanny Mayer aus einem Basler Herrschaftshaus auf den Feldberg kam, dachte bei diesem Wort niemand an einfache Spiegeleier.

Tschoben
Jacke, Jackett, mittelhochdeutsch jope, italienisch giubbia

vergelstern
erschrecken, mittelhochdeutsch galster

wunderfitzig
neugierig

Die zitierten Mundartgedichte stammen alle von Johann Peter Hebel. Dichter – Kalendermann – Theologe – Professor – Mitglied des badischen Landtags – Prälat, wurde am 10. Mai 1760 als erstes Kind der Ursula Hebel geb. Örtlin aus Hausen im Wiesental und des Johann Jakob Hebel aus Simmern im Hunsrück in einem Haus in Basel, das heute »Am Totentanz Nr. 2« heißt, unmittelbar am Rhein, geboren. Hebels Eltern standen im Dienst des Major Iselin. Die eine Hälfte des Jahres verbrachte er in Basel, die andere in Hausen im Wiesental. Als er zehn Jahre alt war, starb sein Vater und die Schwester Susanne an Typhus, mit 13 Jahren verlor er auch seine Mutter. Aus seiner Sehnsucht nach dem Oberland, seinem Mutterland, wie er es nannte, entstanden seine »Alemannischen Gedichte«. Er ist am 22. September 1828 auf einer Dienstreise nach Mannheim bei Gartendirektor Zeyher in Schwetzingen gestorben und ist dort begraben. Johann Peter Hebel machte das Hochalemannisch des Wiesentals am badischen Hof salonfähig.

Dört obe jagt e wilde Jäger, weisch?
Weißt du, dort oben jagt ein wilder Jäger.
Die Vergänglichkeit

Isch Basel nit e schöni, tolli Stadt?
'sin Hüser drinn, 's isch mengi Chilche nit so groß,
und Chilche, 's sin in mengem Dorf nit so viel Hüser.
Ist Basel nicht eine wunderschöne Stadt?
Da gibt es Häuser, größer als manche Kirche,
und so viele Kirchen, mehr als Häuser in manchem Dorf.
Die Vergänglichkeit

's isch e Volchspiel, 's wohnt e Richtum drinn, und menge brave Her, und menge, wonni gchennt ha, lit scho lang, im Chrützgang hinterm Münsterplatz und schloft.
Sie ist voller Menschen und Reichtümer, und mancher hochangesehene Herr, und mancher, den ich gekannt habe, liegt schon lange im Kreuzgang hinter dem Münsterplatz und schläft.
Die Vergänglichkeit

Wo der Dengle-Geist in mitternächtige Stunde
uffeme silberne Gschirr si goldeni Sägese denglet,
(Todtnau's Chnabe wüsse's wohl) am waldige Feldberg,
wo mit liebligem Gsicht us tief verborgene Chlüfte
d' Wiese luegt, und check go Todtnau aben ins Tal springt,
schwebt mi muntere Blick, und schwebe mini Gidanke.
Feldbergs liebligi Tochter, o Wiese, bis mer Gottwilche!
Wo der Dengle-Geist zur mitternächtlichen Stunde
auf einem silbernen Geschirr seine goldene Sense klopft,
(Todtnaus Knaben wissen es wohl) am waldigen Feldberg,
wo mit lieblichem Gesicht aus tief verborgenen Klüften
die Wiese schaut und keck nach Todtnau hinunter ins Tal springt,
schwebt mein munterer Blick und schweben meine Gedanken.
Feldbergs liebliche Tochter, o Wiese, sei mir willkommen!
Die Wiese

Feldberg und Feldsee waren einst das Herrschaftsgebiet des Denglegeistes, der Wanderer und Hirten im Nebel und in Schneestürmen in die Irre führte. Dieser Geist, der als unheimliche, schwarze Gestalt beschrieben wurde, soll in der Abendzeit oft gehört worden sein, wenn er seine Sense klopfte (dengelte). Er galt als Todesbote. Bei Johann Peter Hebel taucht er als lieblicher Engel auf. Damit hat er seinen Schrecken als »Schnitter Tod« verloren.

Der lieb Gott het zum Spötlig gsait:
„Deck weidli zue, was übrig isch!"
Druf het der Winter Flocke gstreut.
Der liebe Gott hat zum Herbst gesagt:
„Deck schleunigst zu, was übrig ist!"
Drauf hat der Winter Flocken gestreut.
Das Liedlein vom Kirschbaum

's dunneret, es dunneret ehnen am Rhistrom,
und es git e Wetter! I wott, es zög si vorüber.
's chunnt so schwarz – nei lueget, wie's blitzt, und loset, wie's windet,
wie's im Chemi tost, und der Guhl uffem Chilcheturm gahret!
Helfis Gott! – s chunnt alliwil nöchter und alliwil stärcher.
's donnert, es donnert auf der anderen Seite des Rheins,
und es gibt ein Unwetter! Ich wünschte, es zöge vorüber.
's kommt so schwarz – seht nur, wie's blitzt, und hört, wie's windet,
wie's im Kamin tost, und der Hahn auf dem Kirchturm garrt!
Gott steh' uns bei! – 's kommt immer näher und immer stärker.
Der Statthalter von Schopfheim

Und wome luegt, isch Schnee und Schnee,
me sieht ke Stroß und Fueßweg meh.
Und wohin man auch sieht, ist Schnee und Schnee,
man sieht weder Straße noch Fußweg mehr.
Der Winter

Isch echt do obe Bauwele feil?
Sie schütten eim e redli Teil
in d' Gärten aben und ufs Hus;
Es schneit doch au, es isch e Gruus;
und 's hangt no menge Wage voll
am Himmel obe, merki wol.
Ist denn dort oben Baumwolle feil?
Sie schütten einem einen rechten Teil
in die Gärten hinunter und auf's Haus;
Es schneit doch auch, es ist ein Graus;
Und 's hängt noch mancher Wagen voll
am Himmel oben, merk ich wohl.
Der Winter

Zeitspiegel

Als im Februar 1881 Fanny Mayer nichtsahnend von Menzenschwand her zum Feldberg aufsteigt, sind die Frauen ihrerseits bereits mit spitzer Feder aufgerufen worden, sich das Wahlrecht zu erkämpfen, doch sind selbst Frauen noch der Ansicht, sie müssten zunächst den Beweis erbringen, dieser Pflicht auch würdig zu sein.

Es ist das Jahr, in dem Louis Pasteur die Tollwut-Schutzimpfung entwickelt, Werner von Siemens die erste Elektrische Straßenbahn baut, Jaques Offenbach »Hofmanns Erzählungen« schreibt und Henrik Ibsen seine »Gespenster«. Es ist das Geburtsjahr von Pablo Picasso und das Todesjahr von Fjodor M. Dostojewski. In diesem Jahr wird in Deutschland der erste Ortsfernsprechverkehr eingerichtet und Paris eröffnet sein erstes Cabaret, das Chat Noir (Schwarze Katze).

Neunzehn Jahre noch, und man wird den von falschen Propheten auf die Jahrhundertwende angekündigten Weltuntergang überleben. Dann wird schon bald eine Aufbruchstimmung herrschen, und aus dem Überdruss am Pomp und Althergebrachten die Belle Epoque, die Schöne Epoche, geboren werden. Die Lust am Leben wird bald alle gesellschaftlichen Schichten erfassen, wie auch der Drang nach Neuem, Außergewöhnlichem, Sensationellem. Das kulturelle Leben wird sich für alle Klassen öffnen, die Oberen Zehntausend werden in ein paar Jahren den Automobilsport, das Tennis, das Radfahren und – hier auf dem Feldberg – den Skisport für sich entdecken. Aber davon hat Fanny noch keine Ahnung.

Fortschritte in Wissenschaft und Technik werden die Zuversicht und den Glauben an die Zukunft mehren. Frohsinn und auffallende Äußerlichkeit werden im Wiener Walzertakt zum Markenzeichen dieser Zeit werden. Schon bald werden einige Künstler mit der Stillosigkeit der vergangenen Jahrzehnte aufräumen und den Jugendstil hervorbringen. Toulouse-Lautrec wird die Bälle im Pariser Moulin Rouge malen. Die Kunst wird in den Alltag eindringen, die ersten Tendenzen zu Expressionismus und Bauhaus werden entstehen. Fanny Mayer selber wird ihren Alterssitz mit Bauhausmöbeln ausstatten und mit vielen bekannten Künstlern Kontakte pflegen.

Mit dem Untergang der Titanic am 15. April 1912 wird diese Belle Epoque jäh enden und mit ihr wird die unerschütterliche Zuversicht, der naive Glaube an die Technik und das strahlende Bild einer Zukunft voller Lebenslust versinken. Der Schrecken des Ersten Weltkrieges zeichnet sich ab, und auch Oskar Mayer wird mit seinem Freund und Geschäftspartner Albert Schladerer in diesen Krieg ziehen müssen. Fanny wird den Feldberger Hof bis zu dessen Ende verwalten. Das Wahlrecht für Frauen wird im Jahre 1918 per Dekret verfügt.

Eine neue Ästhetik der Damenmode wird sich entwickeln, die eine leicht vorgeneigte Haltung mit gerader Front von der Brust bis zur Fußspitze aufweist. Zur Unterstützung werden neuartige, weit nach unten reichende Korsetts dienen, die den Bauch wegdrücken, doch sind sie noch ungesünder als die eng geschnürten Modelle zuvor. Diese neue gerade Front der Damenmode wird das Gehen und Sitzen beeinträchtigen. Die Röcke der Belle Epoque zeigen wieder Schleppen, die volantbesetzten seidenen Unterröcke, die diese Form stützen, sorgen für das unentbehrliche frou-frou, das erotische Rascheln.

Von der rasenden Beliebtheit des Sports gefördert, wird die Reformbewegung die ersten korsettlosen, sackartigen Entwürfe für Damenkleider liefern, die anfangs meist nur in Künstlerkreisen Anklang finden werden. Doch nach und nach werden die Korsetts weniger steif, die Haltung weniger vorgeneigt werden und der Titanic-Stil wird sich die Bahn brechen. Nach dem Untergang der Titanic werden Frauen die ersten Jacketts mit breitem Revers und Krawatten tragen und im Jahre 1908 schon wird der deutsche Langlaufmeister Dr. Henry Hoek aus Freiburg den Ratschlag an Skiläufer erteilen: „Fotografiere nicht jede Dame, die Hosen anhat.“

1

2

3

4

5

6

7

1 Vater Andreas Mayer **2** Oskar Mayer, Männeli **3** Andreas Mayer **4** Fanny und Oskar Mayer **5** Fanny Mayer beim Zegospiel mit Max Heidelberg, Vater Hermann Schladerer, Oskars Frau Paula und Marie Faller, 1916 **6** Fanny Mayer **7** Carl Mayer mit Rentieren **8** Maidli beim Skifahren, Feldberger Hof, 1897. Die Fotos entstammen dem Familienalbum von Oskars Enkel Thomas Lexer.

8

Heidi Knoblich

wurde 1954 in Zell im Wiesental/Südschwarzwald geboren. Sie ist Drehbuchautorin, Moderatorin, Verfasserin zahlreicher Kurzgeschichten und Gedichte. Beim Südwestrundfunk zeichnet sie mit weiteren Autoren verantwortlich für die wöchentlich ausgestrahlte Radiosendung „Mundart am Samstag", die sie in abwechselnder Folge moderiert.

Ihr mit großem Erfolg aufgeführtes Freilichtstück „Fanny" hat sie nun zu ihrem ersten Roman verarbeitet.

Im Verlag Moritz Schauenburg, dessen Programm vom Verlag Ernst Kaufmann übernommen wurde, ist das Winter-Weihnachtsbuch „Un d Welt hät liislig gschnuuft" erschienen.

Altbreisach
St. Georgen
Neumagen
Krozingen
Staufen
Heitersheim
Müllheim
Badenweiler
Wiesen
Lörrach
BASEL
Rheinfelde